·纪念版·

沈虎雏 主编

边城

沈从文 著

湖南文艺出版社

二〇二二年·长沙

图书在版编目（ＣＩＰ）数据

边城：纪念版 / 沈从文著. -- 长沙：湖南文艺出
版社, 2022.10
　ISBN 978-7-5726-0752-3

　Ⅰ.①边… Ⅱ.①沈… Ⅲ.①中篇小说－中国－现代
Ⅳ.①I246.5

中国版本图书馆CIP数据核字(2022)第109733号

BIANCHENG（JINIAN BAN）

边城（纪念版）

沈从文 著

出 版 人 / 陈新文
书名题字 / 沈从文
封底插画 / 蔡 皋
腰封插画 / 邵小珊
责任编辑 / 刘茁松
责任校对 / 彭 进
封面设计 / 萧睿子

出版发行 / 湖南文艺出版社
　　　　（长沙市雨花区东二环一段508号 邮编：410014）
印　　刷 / 长沙超峰印刷有限公司

开　　本 / 710mm × 1000mm　1/16
印　　张 / 11.5
字　　数 / 130 千字
版　　次 / 2022年10月第1版
印　　次 / 2022 年10月第1次印刷
书　　号 / ISBN 978-7-5726-0752-3
定　　价 / 40.00 元

如有印装质量问题，请直接与本社出版科联系调换。

目　录

边城

边城词话

边　城

一

由四川过湖南去，靠东有一条官路。这官路将近湘西边境到了一个地方名为"茶峒"的小山城时，有一小溪，溪边有座白色小塔，塔下住了一户单独的人家。这人家只一个老人，一个女孩子，一只黄狗。

小溪流下去，绕山岨流，约三里便汇入茶峒大河。人若过溪越小山走去，则只一里路就到了茶峒城边。溪流如弓背，山路如弓弦，故远近有了小小差异。小溪宽约廿丈，河床为大片石头作成。静静的河水即或深到一篙不能落底，却依然清澈透明，河中游鱼来去皆可以计数。小溪既为川湘来往孔道，限于财力不能搭桥，就安排了一只方头渡船。这渡船一次连人带马，约可以载二十位搭客过河，人数多时则反复来去。渡船头竖了一枝小小竹竿，挂着一个可以活动的铁环，溪岸两端水面横牵了一段废缆，有人过渡时，把铁环挂在废缆上，船上人就引手攀缘那条缆索，慢慢的牵船过对岸去。船将拢岸时，管理这渡船的，一面口中嚷着"慢点慢点"，自己霍的跃上了岸，拉着铁环，于是人货牛马全上了岸，翻过小山不见了。渡头为公家所有，故过渡人不必出钱。有人心中不安，抓了一把钱掷到船板上时，管渡船的必为一一拾起，依然塞到那人手心里去，俨然吵嘴时的认真神气：
"我有了口粮，三斗米，七百钱，够了。谁要这个！"

但不成，凡事求个心安理得，出气力不受酬谁好意思，不管如何还是有人要把钱的。管船人却情不过，也为了心安起见，便把这些钱托人到茶峒去买茶叶和草烟，将茶峒出产的上等草烟，一扎一扎挂在自己腰带边，过渡的谁需要这东西必慷慨奉赠。有时从神气上估计那远路人对于身边草烟引起了相当的注意时，这弄渡船的便把一小束草烟扎到那人包袱上去，一面说："大哥，不吸这个吗？这好的，这妙的，看样子不成材，巴掌大叶子，味道蛮好，送人也很合式！"茶叶则在六月里放进大缸里去，用开水泡好，给过路人随意解渴。

管理这渡船的，就是住在塔下的那个老人。活了七十年，从二十岁起便守在这小溪边，五十年来不知把船来去渡了若干人。年纪虽那么老了，骨头硬硬的，本来应当休息了，但天不许他休息，他仿佛便不能够同这一分生活离开。他从不思索自己职务对于本人的意义，只是静静的很忠实的在那里活下去。代替了天，使他在日头升起时，感到生活的力量，当日头落下时，又不至于思量与日头同时死去的，是那个伴在他身旁的女孩子。他唯一的朋友是一只渡船和一只黄狗，唯一的亲人便只那个女孩了。

女孩子的母亲，老船夫的独生女，十五年前同一个茶峒军人唱歌相熟后，很秘密的背着那忠厚爸爸发生了暧昧关系。有了小孩子后，这屯戍兵士便想约了她一同向下游逃去。但从逃走的行为上看来，一个违悖了军人的责任，一个却必得离开孤独的父亲。经过一番考虑后，屯戍兵见她无远走勇气，自己也不便毁去作军人的名誉，就心想：一同去生既无法聚首，一同去死应当无人可以阻拦，首先服了毒。女的却关心腹中的一块肉，不忍心，拿不出主张。事情业已为作渡船夫的父亲知道，父亲却不加上一个有分量的字眼儿，只作为并不听到过这事情一样，仍然把日子很平静的过下去。女儿一面怀了羞惭，一面却怀了怜悯，依旧守在父亲身边。待到腹中小孩生下后，却到溪边故意吃了许多冷水死去了。在一种奇迹中，这遗孤居然已长大成人，一转眼间便十三岁了。为了住处两山多篁竹，翠色逼人而来，老船夫随便给这个可怜的孤雏拾取了一个近身的名字，叫作"翠翠"。

翠翠在风日里长养着，故把皮肤变得黑黑的，触目为青山绿水，故眸子清明如水晶。自然既长养她且教育她，为人天真活泼，处处俨然如一只小兽物。人又那么乖，如山头黄麂一样，从不想到残忍事情，从不发愁，从不动气。平时在渡船上遇陌生人对她有所注意时，便把光光的眼睛瞅着那陌生人，作成随时皆可举步逃入深山的神气，但明白了面前的人无机心后，就又从从容容的在水边玩耍了。

老船夫不论晴雨，必守在船头。有人过渡时，便略弯着腰，两手缘引了竹缆，把船横渡过小溪。有时疲倦了，躺在临溪大石上睡着了，人在隔岸招手喊过渡，翠翠不让祖父起身，就跳下船去，很敏捷的替祖父把路人渡过溪，一切皆溜刷在行，从不误事。有时又与祖父黄狗一同在船上，过渡时与祖父一同动手牵缆索。船将近岸边，祖父正向客人招呼"慢点，慢点"时，那只黄狗便口衔绳子，最先一跃而上，且俨然懂得如何方为尽职似的，把船绳紧衔着拖船拢岸。

风日清和的天气，无人过渡，镇日长闲，祖父同翠翠便坐在门前大岩石上晒太阳。或把一段木头从高处向水中抛去，嗾使身边黄狗自岩石高处跃下，把木头衔回来。或翠翠与黄狗皆张着耳朵，听祖父说些城中多年以前的战争故事。或祖父同翠翠两人，各把小竹作成的竖笛，逗在嘴边吹着迎亲送女的曲子。过渡人来了，老船夫放下了竹管，独自跟到船边去，横溪渡人，在岩上的一个，见船开动时，于是锐声喊着：

"爷爷，爷爷，你听我吹——你唱！"

爷爷到溪中央便很快乐的唱起来，哑哑的声音同竹管声，振荡在寂静空气里，溪中仿佛也热闹了些。实则歌声的来复，反而使一切更寂静。

有时过渡的是从川东过茶峒的小牛，是羊群，是新娘子的花轿，翠翠必争着作渡船夫，站在船头，懒懒的攀引缆索，让船缓缓的过去。牛羊花轿上岸后，翠翠必跟着走，送队伍上山，站到小山头，目送这些东西走去很远了，方回转船上，把船牵靠近家的岸边。且独自低低的学小羊叫着，学母牛叫着，或采一把野花缚在头上，独自装扮新娘子。

茶峒山城只隔渡头一里路，买油买盐时，逢年过节祖父得喝一杯酒时，祖父不上城，黄狗就伴同翠翠入城里去备办东西。到了卖杂货的铺子里，有大把的粉条，大缸的白糖，有炮仗，有红蜡烛，莫不给翠翠一种很深的印象，回到祖父身边，总把这些东西说个半天。那里河边还有许多船，比起渡船来全大得多，有趣味得多，翠翠也不容易忘记。

评　　点————————————————————————

由四川过湖南去：这第一句话显示的不是一个封闭的、静止的空间，而是一个开放的、流动的空间。这句话在潜意识里也许源于沈从文最好的朋友巴金是四川人，以及湘西与四川同为西南官话的语言上的亲近，同时也让我们想起《论语》的开头三句话中就有一句"有朋自远方来"。

《边城》开篇的一系列"一"字，让人想到张岱《湖心亭看雪》的一段文字："余拏一小舟，拥毳衣炉火，独往湖心亭看雪。雾凇沆砀，天与云与山与水，上下一白，湖上影子，惟长堤一痕、湖心亭一点、与余舟一芥、舟中人两三粒而已。"张岱散文和沈从文小说，都是表达"乡愁"的，"一"字的孤独孤寂感，与惆怅贴近。

实则歌声的来复，反而使一切更寂静：这一句让我们想到唐诗"蝉噪林逾静，鸟鸣山更幽"。

那里河边还有许多船，比起渡船来全大得多，有趣味得多：这个结尾体现了作者的审美化的人生追求——追求趣味。河边的船，跟渡船相比，比的不是别的，比的是趣味。什么趣味呢？作者并不明说，引起读者思考。

二

　　茶峒地方凭水依山筑城，近山一面，城墙俨然如一条长蛇，缘山爬去。临水一面则在城外河边留出余地设码头，湾泊小小篷船。船下行时运桐油、青盐、染色的五倍子。上行则运棉花、棉纱以及布匹、杂货同海味。贯串各个码头有一条河街，人家房子多一半着陆，一半在水，因为余地有限，那些房子莫不设有吊脚楼。河中涨了春水，到水脚逐渐进街后，河街上人家，便各用长长的梯子，一端搭在自家屋檐口，一端搭在城墙上，人人皆骂着嚷着，带了包袱、铺盖、米缸，从梯子上进城里去，等待水退时，方又从城门口出城。某一年水若来得特别猛一些，沿河吊脚楼，必有一处两处为大水冲去，大家皆在城上头呆望。受损失的也同样呆望着，对于所受的损失仿佛无话可说，与在自然安排下，眼见其他无可挽救的不幸来时相似。涨水时在城上还可望着骤然展宽的河面，流水浩浩荡荡，随同山水从上游浮沉而来的有房子、牛、羊、大树。于是在水势较缓处，税关趸船前面，便常常有人驾了小舢板，一见河心浮沉而来的是一匹牲畜，一段小木，或一只空船，船上有一个妇人或一个小孩哭喊的声音，便急急的把船桨去，在下游一些迎着了那个目的物，把它用长绳系定，再向岸边桨去。这些勇敢的人，也爱利，也仗义，同一般当地人相似。不拘救人救物，却同样在一种愉快冒险行为中，做得十分敏捷勇敢，使人见及不能不为之喝彩。

那条河水便是历史上知名的酉水，新名字叫作白河。白河到辰州与沅水汇流后，便略显浑浊，有出山泉水的意思。若溯流而上，则三丈五丈的深潭皆清澈见底。深潭中白日所映照，河底小小白石子，有花纹的玛瑙石子，全看得明明白白。水中游鱼来去，皆如浮在空气里。两岸多高山，山中多可以造纸的细竹，长年作深翠颜色，迫人眼目。近水人家多在桃杏花里，春天时只需注意，凡有桃花处必有人家，凡有人家处必可沽酒。夏天则晒晾在日光下耀目的紫花布衣袴（裤的异体字），可以作为人家所在的旗帜。秋冬来时，人家房屋在悬崖上的，滨水的，无不朗然入目。黄泥的墙，乌黑的瓦，位置却永远那么妥帖，且与四围环境极其调和，使人迎面得到的印象，实在非常愉快。一个对于诗歌图画稍有兴味的旅客，在这小河中，蜷伏于一只小船上，作三十天的旅行，必不至于感到厌烦。正因为处处有奇迹可以发现，自然的大胆处与精巧处，无一地无一时不使人神往倾心。

白河的源流，从四川边境而来，从白河上行的小船，春水发时可以直达川属的秀山。但属于湖南境界的，茶峒算是最后一个水码头。这条河水的河面，在茶峒时虽宽约半里，当秋冬之际水落时，河床流水处还不到二十丈，其余只是一滩青石。小船到此后，既无从上行，故凡川东的进出口货物，皆从这地方落水起岸。出口货物俱由脚夫用桑木扁担压在肩膊上挑抬而来，入口货物也莫不从这地方成束成担的用人力搬去。

这地方城中只驻扎一营由昔年绿营屯丁改编而成的戍兵，及五百家左右的住户。（这些住户中，除了一部分拥有了些山田同油坊，或放账屯油、屯米、屯棉纱的小资本家外，其余多数皆为当年屯戍来此有军籍的人家。）地方还有个厘金局，办事机关在城外河街下面小庙里，局长则长住城中。一营兵士驻扎老参将衙门，除了号兵每天上城吹号玩，使人知道这里还驻有军队以外，兵士皆仿佛并不存在。冬天的白日里，到城里去，便只见各处人家门前皆晾晒有衣服同青菜。红薯多带藤悬挂在屋檐下。用棕衣作成的口袋，装满了栗子、榛子和其他硬壳果，也多悬挂在檐口下。屋角隅各处有大小鸡叫着玩着。间或有什么男子，占据在自己屋前门限上锯木，或用斧头劈树，把劈好的柴堆到敞坪里去如一座一座宝塔。又或可以见到几个中年妇人，穿了浆洗得极硬的蓝布衣裳，胸前挂有白布扣花围裙，躬着腰在日光下一面说话一面作事。一切总永远那么静寂，所有人民每个日子皆在这种不可形容的单纯寂寞里过去。一分安静增加了人对于"人事"的思索力，增加了梦。在这小城中生存的，各人自然也一定皆各在分定一份日子里，怀了对于人事爱憎必然的期待。但这些人想些什么？谁知道。住在城中较高处，门前一站便可以眺望对河以及河中的景致，船来时，远远的就从对河滩上看着无数纤夫。那些纤夫也有从下游地方，带了细点心洋糖之类，拢岸时却拿进城中来换钱的。船来时，小孩子的想象，应当在那些拉船人一方面。大人呢，孵一窠小鸡，养两只猪，托下行船夫打副金耳环，带两丈官青布，或一坛好酱油，一个双料的美孚灯罩回来，便占去了大部分作主妇的心了。

这小城里虽那么安静和平，但地方既为川东商业交易接头处，故城外小小河街，情形却不同了一点。也有商人落脚的客店，坐镇不动的理发馆。此外饭店、杂货铺、油行、盐栈、花衣庄，莫不各有一种地位，装点了这条河街。还有卖船上檀木活车、竹缆与锅罐铺子，介绍水手职业吃码头饭的人家。小饭店门前长案上，常有煎得焦黄的鲤鱼豆腐，身上装饰了红辣椒丝，卧在浅口钵头里。钵旁大竹筒中插着大把朱红筷子，不拘谁个愿意花点钱，这人就可以傍了门前长案坐下来，抽出一双筷子捏到手上，那边一个眉毛扯得极细脸上擦了白粉的妇人，就走过来问："大哥，副爷，要甜酒？要烧酒？"男子火焰高一点的，谐趣的，对内掌柜有点意思的，必故意装成生气似的说："吃甜酒？又不是小孩子，还问人吃甜酒！"那么，酽洌的烧酒，从大瓮里用木滤子舀出，倒进土碗里，即刻就来到身边案桌上了。这烧酒自然是浓而且香的，能醉倒一个汉子的，所以照例也不会多吃。杂货铺卖美孚油，及点美孚油的洋灯与香烛纸张。油行屯桐油。盐栈堆四川火井出的青盐。花衣庄则有白棉纱、大布、棉花以及包头的黑绉绸出卖。卖船上用物的，百物罗列，无所不备，且间或有重至百斤以外的铁锚，搁在门外路旁，等候主顾问价。专以介绍水手为事业，吃水码头饭的，在河街的家中，终日大门必敞开着，常有穿青羽缎马褂的船主与毛手毛脚的水手进出，地方像茶馆却不卖茶，不是烟馆又可以抽烟。来到这里的，虽说所谈的是船上生意经，然而船只的上下，划船拉纤人大都有个一定规矩，不必作数目上的讨论。他们来到这里大多数倒是在"联欢"。以"龙头管事"作中心，谈论点本地时事、两省商务上情形，以及下游的"新闻"。邀会的，集款时大多数皆在此地；扒骰子看点数多少轮作会首时，也常常在此举行。真真成为他们生意经的，有两件事：买卖船只，买卖媳妇。

大都市随了商务发达而产生的某种寄食者，因为商人的需要，水手的需要，这小小边城的河街，也居然有那么一群人，聚集在一些有吊脚楼的人家。这种小妇人不是从附近乡下弄来,便是随同川军来湘流落后的妇人。穿了假洋绸的衣服,印花标布的裤子,把眉毛扯得成一条细线,大大的发髻上敷了香味极浓俗的油类。白日里无事,就坐在门口小凳子上做鞋子,在鞋尖上用红绿丝线挑绣双凤,一面看过往行人,消磨长日。或靠在临河窗口上看水手起货,听水手爬桅子唱歌。到了晚间,则轮流的接待商人同水手,切切实实尽一个妓女应尽的义务。

由于边地的风俗淳朴,便是作妓女,也永远那么浑厚,遇不相熟的主顾,做生意时得先交钱,数目弄清楚后,再关门撒野。人既相熟后,钱便在可有可无之间了。妓女多靠四川商人维持生活,但恩情所结,则多在水手方面。感情好的,别离时互相咬着嘴唇咬着颈脖发了誓,约好了"分手后各人皆不许胡闹";四十天或五十天,在船上浮着的那一个,同在岸上蹲着的这一个,便皆呆着打发这一堆日子,尽把自己的心紧紧缚定远远的一个人。尤其是妇人,感情真挚痴到无可形容,男子过了约定时间不回来,做梦时,就总常常梦船拢了岸,那一个人摇摇荡荡的从船跳板到了岸上,直向身边跑来。或日中有了疑心,则梦里必见那个男子在桅子上向另一方面唱歌,却不理会自己。性格弱一点儿的,接着就在梦里投河吞鸦片烟,性格强一点儿的,便手执菜刀,直向那水手奔去。他们生活虽那么同一般社会疏远,但是眼泪与欢乐,在一种爱憎得失间,揉进了这些人生活里时,也便同另外一片土地另外一些人相似,全个身心为那点爱憎所浸透,见寒作热,忘了一切。若有多少不同处,不过是这些人更真切一点,也更于糊涂一点罢了。短期的包定,长期的嫁娶,一时间的关门,这些关于一个女人身体上的交易,由于民情的淳朴,身当其事的不觉得如何下流可耻，旁观者也就从不用读书人的观念，加以指摘与轻视。这些人既重义轻利，又能守信自约，即便是娼妓，也常常较之知羞耻的城市中人还更可信任。

掌水码头的名叫顺顺，一个前清时便在营伍中混过日子来的人物，革命时在著名的陆军四十九标做个什长。同样做什长的，有因革命成了伟人名人的，有杀头碎尸的，他却带着少年喜事得来的脚疯痛，回到了家乡，把所积蓄的一点钱，买了一条六桨白木船，租给一个穷船主，代人装货在茶峒与辰州之间来往。气运好，半年之内船不坏事，于是他从所赚的钱上，又讨了一个略有产业的白脸黑发小寡妇。因此一来，数年后，在这条河上，他就有了八只船，一个妻子，两个儿子了。

但这个大方洒脱的人，事业虽十分顺手，却因欢喜交朋结友，慷慨而又能济人之急，便不能同贩油商人一样大大发作起来。自己既在粮子里混过日子，明白出门人的甘苦，理解失意人的心情，故凡船只失事破产的船家，过路的退伍兵士，游学文墨人，凡到了这个地方，闻名求助的，莫不尽力帮助。一面从水上赚来钱，一面就这样洒脱散去。这人虽然脚上有点小毛病，还能泅水；走路难得其平，为人却那么公正无私。水面上各事原本极其简单，一切都为一个习惯所支配，谁个船碰了头，谁个船妨害了别一人别一只船的利益，照例有习惯方法来解决。惟运用这种习惯规矩排调一切的，必需一个高年硕德的中心人物。某年秋天，那原来执事的人死去了，顺顺作了这样一个代替者。那时他还只五十岁，为人既明事明理，正直和平，又不爱财，故无人对他年龄怀疑。

到如今，他的儿子大的已十六岁，小的已十四岁。两个年青人皆结实如小公牛，能驾船，能泅水，能走长路。凡从小乡城里出身的年青人所能够作的事，他们无一不作，作去无一不精。年纪较长的，性情如他们爸爸一样，豪放豁达，不拘常套小节。年幼的则气质近于那个白脸黑发的母亲，不爱说话，眼眉却秀拔出群，一望即知其为人聪明而又富于感情。

两兄弟既年已长大，必需在各一种生活上来训练他们的人格，作父亲的就轮流派遣两个小孩子各处旅行。向下行船时，多随了自己的船只充伙计，甘苦与人相共。荡桨时选最重的一把，背纤时拉头纤二纤，吃的是干鱼、辣子、臭酸菜。睡的是硬邦邦的舱板。向上行从旱路走去，则跟了川东客货，过秀山、龙潭、酉阳作生意，不论寒暑雨雪，必穿了草鞋按站赶路。且佩了短刀，遇不得已必需动手，便霍的把刀抽出，站到空阔处去，等候对面的一个，继着就同这个人用肉搏来解决。帮里的风气，既为"对付仇敌必需用刀，联结朋友也必需用刀"，故需要刀时，他们也就从不让它失去那点机会。学贸易，学应酬，学习到一个新地方去生活，且学习用刀保护身体同名誉，教育的目的，似乎在使两个孩子学得做人的勇气与义气。一分教育的结果，弄得两个人皆结实如老虎，却又和气亲人，不骄惰，不浮华，不依势凌人。故父子三人在茶峒边境上为人所提及时，人人对这个名姓无不加以一种尊敬。

作父亲的当两个儿子很小时，就明白大儿子一切与自己相似，却稍稍见得溺爱那第二个儿子。由于这点不自觉的私心，他把长子取名天保，次子取名傩送。天保佑的在人事上或不免有龃龉处，至于傩神所送来的，照当地习气，人便不能稍加轻视了。傩送美丽得很。茶峒船家人拙于赞扬这种美丽，只知道为他取出一个诨名为"岳云"。虽无什么人亲眼看到过岳云，一般的印象，却从戏台上小生岳云，得来一个相近的神气。

评　　点────────────────────────────

水中游鱼来去，皆如浮在空气里：这一句描写，让我们想到柳宗元《至小丘西小石潭记》"潭中鱼可百许头，皆若空游无所依"。

这些勇敢的人，也爱利，也仗义：这一句体现出来的性格，与《孟子·梁惠王上》说的"王何必曰'利'？亦有'仁义'而已矣"不同，显得实在而健全。

酽冽的烧酒，从大瓮里用木滤子舀出，倒进土碗里，即刻就来到身边案桌上了："来"字用得神奇，拟人修辞，一片化境。

注意行文中多用"小"，表示作者造希腊小庙的审美志向。

除了号兵每天上城吹号玩：一个"玩"字，尽显太平景象，体现作者对于和平岁月的渴望。

鲤鱼豆腐，身上装饰了红辣椒丝，卧在浅口钵头里："卧"字写形传神，拟人生动。

教育的目的，似乎在使两个孩子学得做人的勇气与义气：作品的这句话，从人物角度说出来，其实表达了作者的教育观，这个教育观暗含了对于现代教育偏重书本知识教育的批评，显示了作者对于人格培养的关怀。

三

　　两省接壤处，十余年来主持地方军事的，注重在安辑保守，处置极其得法，并无变故发生。水陆商务既不至于受战争停顿，也不至于为土匪影响，一切莫不极有秩序，人民也莫不安分乐生。这些人，除了家中死了牛，翻了船，或发生别的死亡大变，为一种不幸所绊倒，觉得十分伤心外，中国其他地方正在如何不幸挣扎中的情形，似乎就永远不曾为这边城人民所感到。

　　边城所在一年中最热闹的日子，是端午、中秋和过年。三个节日过去三五十年前，如何兴奋了这地方人，直到现在，还毫无什么变化，仍是那地方居民最有意义的几个日子。

　　端午日，当地妇女小孩子，莫不穿了新衣，额角上用雄黄蘸酒画了个王字。任何人家到了这天必可以吃鱼吃肉。大约上午十一点钟左右，全茶峒人就吃了午饭，把饭吃过后，在城里住家的，莫不倒锁了门，全家出城到河边看划船。河街有熟人的，可到河街吊脚楼门口边看，不然就站在税关门口与各个码头上看。河中龙船以长潭某处作起点，税关前作终点作比赛竞争。因为这一天军官、税官以及当地有身分的人，莫不在税关前看热闹。划船的事各人在数天以前就早有了准备，分组分帮，各自选出了若干身体结实手脚伶俐的小伙子，在潭中练习进退。船只的形式，与平常木船大不相同，形体一律又长又狭，两头高高翘起，船身绘着朱红颜色长线，平常时节多搁在河边干燥洞穴里，要用它时，拖下水去。每只船可坐十二个到十八个桨手，一个带头的，一个鼓手，一个锣手。桨手每人持一支短桨，随了鼓声缓促为节拍，把船向前划去。带头的坐在船头上，头上缠裹着红布包头，手上拿两枝小令旗，左右挥动，指挥船只的进退。擂鼓打锣的，多坐在船只的中部，船一划动便即刻蓬蓬铛铛把锣鼓很单纯的敲打起来，为划桨水手调理下桨节拍。一船快慢既不得不靠鼓声，故每当两船竞赛到剧烈时，鼓声如雷鸣，加上两岸人呐喊助威，便使人想起小说故事上梁红玉老鹳河时水战擂鼓。牛皋水擒杨么时也是水战擂鼓。凡把船划到前面一点的，必可在税关前领赏。一匹红，一块小银牌，不拘缠挂到船上某一个人头上去，皆显出这一船合作的光荣。好事的军人，且当每次某一只船胜利时，必在水边放些表示胜利庆祝的五百响鞭炮。

赛船过后，城中的戍军长官，为了与民同乐，增加这个节日的愉快起见，便把绿头长颈大雄鸭，颈膊上缚了红布条子，放入河中，尽善于泅水的军民人等，下水追赶鸭子。不拘谁把鸭子捉到，谁就成为这鸭子的主人。于是长潭换了新的花样，水面各处是鸭子，同时各处有追赶鸭子的人。

船与船的竞赛，人与鸭子的竞赛，直到天晚方能完事。

掌水码头的龙头大哥顺顺，年青的时节便是一个泅水的高手，入水中去追逐鸭子，在任何情形下总不落空。但一到次子傩送年过十岁时，已能入水闭气泝着到鸭子身边，再忽然冒水而出，把鸭子捉到，这作爸爸的便解嘲似的向孩子们说："好，这种事你们来作，我不必再下水了。"于是当真就不下水与人来竞争捉鸭子。但下水救人呢，当作别论。凡帮助人远离患难，便是入火，人到八十岁，也还是成为这个人一种不可逃避的责任！

天保傩送两人皆是当地泅水划船的好选手。

端午节快来了，初五划船，河街上初一开会，就决定了属于河街的那只船当天入水。天保恰好在那天应向上行，随了陆路商人过川东龙潭送节货，故参加的就只傩送。十六个结实如牛犊的小伙子，带了香、烛、鞭炮，同一个用生牛皮蒙好绘有朱红太极图的高脚鼓，到了搁船的河上游山洞边，烧了香烛，把船拖入水后，各人上了船，燃着鞭炮，擂着鼓，这船便如一枝箭似的，很迅速的向下游长潭射去。

那时节还是上午，到了午后，对河渔人的龙船也下了水，两只龙船就开始预习种种竞赛的方法。水面上第一次听到了鼓声，许多人从这鼓声中，感到了节日临近的欢悦。住临河吊脚楼对远方人有所等待的，有所盼望的，也莫不因鼓声想到远人。在这个节日里，必然有许多船只可以赶回，也有许多船只只合在半路过节，这之间，便有些眼目所难见的人事哀乐，在这小山城河街间，让一些人嬉喜，也让一些人皱眉。

蓬蓬鼓声掠水越山到了渡船头那里时，最先注意到的是那只黄狗。那黄狗汪汪的吠着，受了惊似的绕屋乱走；有人过渡时，便随船渡过东岸去，且跑到那小山头向城里一方面大吠。

翠翠正坐在门外大石上用棕叶编蚱蜢蜈蚣玩，见黄狗先在太阳下睡着，忽然醒来便发疯似的乱跑，过了河又回来，就问它骂它：

"狗，狗，你做什么！不许这样子！"

可是一会儿，那声音被她发现了，她于是也绕屋跑着，且同黄狗一块儿渡过了小溪，站在小山头听了许久，让那点迷人的鼓声，把自己带到一个过去的节日里去。

评　点————————————————————————————

两省接壤处，十余年来主持地方军事的：这个主持地方的人物，名叫陈渠珍，他是湘西地方的好官，也是沈从文个人的恩人。《边城》故事发生的时空，正是陈渠珍主政的时空，因此，也可以说，陈渠珍是《边城》之母。正如范仲淹的《岳阳楼记》，滕子京的"政通人和"是文章之缘。

节日是玩耍的时节。作者写端午节，突出了其中好玩有趣的细节：追赶鸭子。注意全书中多次写到人物的玩耍与快乐，让我们想起《论语》"子路、曾皙、冉有、公西华侍坐"一节中曾点的志向："莫春者，春服既成，冠者五六人，童子六七人，浴乎沂，风乎舞雩，咏而归。"沈从文说《边城》是写"人生的形式"，这个形式中，一定有游戏的元素，玩耍的快乐。

蓬蓬鼓声掠水越山到了渡船头那里时：蓬蓬鼓声，善于过渡。用声音来做场景的过渡，神来之笔。

四

　　这是两年前的事。五月端阳，渡船头祖父找人作了替身，便带了黄狗同翠翠进城，到大河边去看划船。河边站满了人，四只朱色长船在潭中滑着，龙船水刚刚涨过，河中水皆豆绿色，天气又那么明朗，鼓声蓬蓬响着，翠翠抿着嘴一句话不说，心中充满了不可言说的快乐。河边人太多了一点，各人皆尽张着眼睛望河中，不多久，黄狗还留在身边，祖父却挤得不见了。

　　翠翠一面注意划船，一面心想"过不久祖父总会找来的"。但过了许久，祖父还不来，翠翠便稍稍有点儿着慌了。先是两人同黄狗进城前一天，祖父就问翠翠："明天城里划船，倘若一个人去看，人多怕不怕？"翠翠就说："人多我不怕，但自己只是一个人可不好玩。"于是祖父想了半天，方想起一个住在城中的老熟人，赶夜里到城里去商量，请那老人来看一天渡船，自己却陪翠翠进城玩一天。且因为那人比渡船老人更孤单，身边无一个亲人，也无一只狗，因此便约好了那人早上过家中来吃饭，喝一杯雄黄酒。第二天那人来了，吃了饭，把职务委托那人以后，翠翠等便进了城。到路上时，祖父想起什么似的，又问翠翠："翠翠，翠翠，人那么多，好热闹，你一个人敢到河边看龙船吗？"翠翠说："怎么不敢？可是一个人玩有什么意思。"到了河边后，长潭里的四只红船，把翠翠的注意力完全占去了，身边祖父似乎也可有可无了。祖父心想："时间还早，到收场时，至少还得三个时刻。溪边的那个朋友，也应当来看看年青人的热闹，回去一趟，换换地位还赶得及。"因此就告翠翠："人太多了，站在这里看，不要动，我到别处去有点事情，无论如何总赶得回来伴你回家。"翠翠正在为两只竞速并进的船迷着，祖父说的话毫不思索就答应了。祖父知道黄狗在翠翠身边，也许比他自己在她身边还稳当，于是便回家看船去了。

祖父到了那渡船处时，见代替他的老朋友，正站在白塔下注意听远处鼓声。

祖父喊叫他，请他把船拉过来，两人渡过小溪仍然站到白塔下去。那人问老船夫为什么又跑回来，祖父就说想替他一会儿故把翠翠留在河边，自己赶回来，好让他也过大河边去看看热闹，且说："看得好，就不必再回来，只须见了翠翠告她一声，翠翠到时自会回家的。小丫头不敢回家，你就伴她走走！"但那替手对于看龙船已无什么兴味，却愿意同老船夫在这溪边大石上各自再喝两杯烧酒。老船夫听说十分高兴，于是把酒葫芦取出，推给城中来的那一个。两人一面谈些端午旧事，一面喝酒，不到一会，那人却在岩石上为烧酒醉倒了。

人既醉倒后，无从入城，祖父为了责任又不便与渡船离开，留在河边的翠翠便不能不着急了。

河中划船的决了最后胜负后，城里军官已派人驾小船在潭中放了一群鸭子，祖父还不见来。翠翠恐怕祖父也正在什么地方等着她，因此带了黄狗向各处人丛中挤着去找寻祖父，结果还是不得祖父的踪迹。后来看看天快要黑了，军人扛了长凳出城看热闹的，皆已陆续扛了那凳子回家。潭中的鸭子只剩下三五只，捉鸭人也渐渐的少了。落日向上游翠翠家中那一方落去，黄昏把河面装饰了一层薄雾。翠翠望到这个景致，忽然起了一个怕人的想头，她想："假若爷爷死了？"

她记起祖父嘱咐她不要离开原来地方那一句话，便又为自己解释这想头的错误，以为祖父不来，必是进城去或到什么熟人处去，被人拉着喝酒，故一时不能来的。正因为这也是可能的事，她又不愿在天未断黑以前，同黄狗赶回家去，只好站在那石码头边等候祖父。

再过一会，对河那两只长船已泊到对河小溪里去不见了，看龙船的人也差不多全散了。吊脚楼有娼妓的人家，已上了灯，且有人敲小斑鼓弹月琴唱曲了。另外一些人家，又有猜拳行酒的吵嚷声音。同时停泊在吊脚楼下的一些船只，上面也有人在摆酒炒菜，把青菜萝卜之类，倒进滚热油锅里去时发出吵——的声音。河面已朦朦胧胧，看去好像只有一只白鸭在潭中浮着，也只剩一个人追着这只鸭子。

翠翠还是不离开码头，总相信祖父会来找她一起回家。

吊脚楼上唱曲子声音热闹了一些，只听到下面船上有人说话，一个水手说："金亭，你听你那婊子陪川东庄客喝酒唱曲子，我赌个手指，说这是她的声音！"另外一个水手就说："她陪他们喝酒唱曲子，心里可想我。她知道我在船上！"先前那一个又说："身体让别人玩着，心还想着你；你有什么凭据？"另一个说："我有凭据。"于是这水手吹着嗡哨，作出一个古怪的记号，一会儿，楼上歌声便停止了，两个水手皆笑了。两人接着便说了些关于那个女人的一切，使用了不少粗鄙字眼，翠翠不很习惯把这种话听下去，但又不能走开。

且听水手之一说，楼上妇人的爸爸是在棉花坡被人杀死的，一共杀了十七刀。翠翠心中那个古怪的想头，"爷爷死了呢？"便仍然占据到心里有一忽儿。

两个水手还正在谈话，潭中那只白鸭慢慢的向翠翠所在的码头边游过来，翠翠想："再过来些我就捉住你！"于是静静的等着，但那鸭子将近岸边三丈远近时，却有个人笑着，喊那船上水手。原来水中还有个人，那人已把鸭子捉到手，却慢慢的"踹水"游近岸边的。船上人听到水面的喊声，在隐约里也喊道："二老，二老，你真能干，你今天得了五只吧。"那水上人说："这家伙狡猾得很，现在可归我了。""你这时捉鸭子，将来捉女人，一定有同样的本领。"水上那一个不再说什么，手脚并用的拍着水傍了码头。湿淋淋的爬上岸时，翠翠身旁的黄狗，仿佛警告水中人似的，汪汪的叫了几声，那人方注意到翠翠。码头上已无别的人，那人问：

"是谁人？"

"是翠翠！"

"翠翠又是谁？"

"是碧溪岨撑渡船的孙女。"

"你在这儿做什么？"

"我等我爷爷。我等他来。"

"等他来他可不会来，你爷爷一定到城里军营里喝了酒，醉倒后被人抬回去了！"

"他不会这样子。他答应来找我，他就一定会来的。"

"这里等也不成，到我家里去，到那边点了灯的楼上去，等爷爷来找你好不好？"

翠翠误会邀他进屋里去那个人的好意，心里正记着水手说的妇人丑事，她以为那男子就是要她上有女人唱歌的楼上去，本来从不骂人，这时正因等候祖父太久了，心中焦急得很，听人要她上去，以为欺侮了她，就轻轻的说：

"悖时砍脑壳的！"

话虽轻轻的，那男的却听得出，且从声音上听得出翠翠年纪，便带笑说："怎么，你骂人！你不愿意上去，要呆在这儿，回头水里大鱼来咬了你，可不要叫喊！"

翠翠说："鱼咬了我也不管你的事。"

那黄狗好像明白翠翠被人欺侮了，又汪汪的吠起来。那男子把手中白鸭举起，向黄狗吓了一下，便走上河街去了。黄狗为了自己被欺侮还想追过去，翠翠便喊："狗，狗，你叫人也看人叫！"翠翠意思仿佛只在告给狗"那轻薄男子还不值得叫"，但男子听去的却是另外一种好意，男的以为是她要狗莫向好人乱叫，放肆的笑着，不见了。

又过了一阵，有人从河街拿了一个废缆做成的火炬，喊叫着翠翠的名字来找寻她，到身边时翠翠却不认识那个人。那人说：老船夫回到家中，不能来接她，故搭了过渡人口信来告翠翠，要她即刻就回去。翠翠听说是祖父派来的，就同那人一起回家，让打火把的在前引路，黄狗时前时后，一同沿了城墙向渡口走去。翠翠一面走一面问那拿火把的人，是谁告他就知道她在河边。那人说是二老告他的，他是二老家里的伙计，送翠翠回家后还得回转河街。

翠翠说："二老他怎么知道我在河边？"

那人便笑着说："他从河里捉鸭子回来，在码头上见你，他说好意请你上家里坐坐，等候你爷爷，你还骂过他！你那只狗不识吕洞宾，只是叫！"

翠翠带了点儿惊讶轻轻的问："二老是谁？"

那人也带了点儿惊讶说："二老你都不知道？就是我们河街上的傩送二老！就是岳云！他要我送你回去！"

傩送二老在茶峒地方不是一个生疏的名字！

翠翠想起自己先前骂人那句话，心里又吃惊又害羞，再也不说什么，默默的随了那火把走去。

翻过了小山岨，望得见对溪家中火光时，那一方面也看见了翠翠方面的火把，老船夫即刻把船拉过来，一面拉船一面哑声儿喊问："翠翠，翠翠，是不是你？"翠翠不理会祖父，口中却轻轻的说："不是翠翠，不是翠翠，翠翠早被大河中鲤鱼吃去了。"翠翠上了船，二老派来的人，打着火把走了，祖父牵着船问："翠翠，你怎么不答应我，生我的气了吗？"

翠翠站在船头还是不作声。翠翠对祖父那一点儿埋怨，等到把船拉过了溪，一到了家中，看明白了醉倒的另一个老人后，就完事了。但另一件事，属于自己不关祖父的，却使翠翠沉默了一个夜晚。

评　　点————————————————————————

为了陪翠翠看端午节，同时又不耽误客人过渡，船夫特地请来朋友帮忙看渡船。船夫半途而归，特地让朋友也去看看热闹。这样的细节，体现了船夫一颗博爱的心，也表达了工作责任与游戏玩耍并重的情怀。

写翠翠与二老相遇，是在朦胧的夜色中，这样的时空设置，一举两得。一是为后来的某些猜疑留下了伏笔，二是体现了少女朦胧的情调。

　　河中水皆豆绿色："豆绿"一词绝妙。

　　却使翠翠沉默了一个夜晚："沉默"一词用得妙，暗示了人物一夜未眠，含蓄不露，合乎笔下少女的朦胧情调。

五

两年日子过去了。

这两年来两个中秋节，恰好无月亮可看，凡在这边城地方，因看月而起整夜男女唱歌的故事，皆不能如期举行，故两个中秋留给翠翠的印象，极其平淡无奇。两个新年虽照例可以看到军营里与各乡来的狮子龙灯，在小教场迎春，锣鼓喧阗很热闹。到了十五夜晚，城中舞龙耍狮子的镇箪兵士，还各自赤裸着肩膊，往各处去欢迎炮仗烟火。城中军营里，税关局长公馆，河街上一些大字号，莫不头先截老毛竹筒，或镂空棕榈树根株，用洞硝拌和磺炭钢砂，一千槌八百槌把烟火做好。好勇取乐的军士，光赤着个上身，玩着灯打着鼓来了，小鞭炮如落雨的样子，从悬到长竿尖端的空中落到玩灯的肩背上，锣鼓催动急促的拍子，大家皆为这事情十分兴奋。鞭炮放过一阵后，用长凳脚绑着的大筒灯火，在敞坪一端燃起了引线，先是哑哑的流泻白光，慢慢的这白光便吼啸起来，作出如雷如虎惊人的声音，白光向上空冲去，高至二十丈，下落时便洒散着满天花雨。玩灯的兵士，在火花中绕着圈子，俨然毫不在意的样子。翠翠同他的祖父，也看过这样的热闹，留下一个热闹的印象，但这印象不知为什么原因，总不如那个端午所经过的事情甜而美。

翠翠为了不能忘记那件事，上年一个端午又同祖父到城边河街去看了半天船，一切玩得正好时，忽然落了行雨，无人衣衫不被雨湿透。为了避雨，祖孙二人同那只黄狗，走到顺顺吊脚楼上去，挤在一个角隅里。有人扛凳子从身边过去，翠翠认得那人正是去年打了火把送她回家的人，就告给祖父：

"爷爷，那个人去年送我回家，他拿了火把走路时，真像个喽啰！"

祖父当时不作声，等到那人回头又走过面前时，就一把抓住那个人，笑嘻嘻说：

"嗨嗨，你这个喽啰！要你到我家喝一杯也不成，还怕酒里有毒，把你这个真命天子毒死！"

那人一看是守渡船的，且看到了翠翠，就笑了。"翠翠，你长大了！二老说你在河边大鱼会吃你，我们这里河中的鱼，现在吞不下你了。"

翠翠一句话不说，只是抿起嘴唇笑着。

这一次虽在这喽啰长年口中听到个"二老"名字，却不曾见及这个人。从祖父与那长年谈话里，翠翠听明白了二老是在下游六百里外青浪滩过端午的。但这次不见二老却认识了大老，且见着了那个一地出名的顺顺。大老把河中的鸭子捉回家里后，因为守渡船的老家伙称赞了那只肥鸭两次，顺顺就要大老把鸭子给翠翠。且知道祖孙二人所过的日子，十分拮据，节日里自己不能包粽子，又送了许多三角粽。

那水上名人同祖父谈话时，翠翠虽装作眺望河中景致，耳朵却把每一句话听得清清楚楚。那人向祖父说翠翠长得很美，问过翠翠年纪，又问有不有人家。祖父则很快乐的夸奖了翠翠不少，且似乎不许别人来关心翠翠的婚事，故一到这件事便闭口不谈。

回家时，祖父抱了那只白鸭子同别的东西，翠翠打火把引路。两人沿城墙脚走去，一面是城，一面是水。祖父说："顺顺真是个好人，大方得很。大老也很好。这一家人都好！"翠翠说："一家人都好，你认识他们一家人吗？"祖父不明白这句话的意思所在，因为今天太高兴一点，便笑着说："翠翠，假若大老要你做媳妇，请人来做媒，你答应不答应？"翠翠就说："爷爷，你疯了！再说我就生你的气！"

祖父话虽不再说了，心中却很显然的还转着这些可笑的不好的念头。翠翠着了恼，把火炬向路两旁乱晃着，向前快快的走去了。

"翠翠，莫闹，我摔到河里去，鸭子会走脱的！"

"谁也不希罕那只鸭子！"

祖父明白翠翠为什么事不高兴，便唱起摇橹人驶船下滩时催橹的歌声，声音虽然哑沙沙的，字眼儿却稳稳当当毫不含糊。翠翠一面听着一面向前走去，忽然停住了发问：

"爷爷，你的船是不是正在下青浪滩呢？"

祖父不说什么，还是唱着，两人皆记起顺顺家二老的船正在青浪滩过节，但谁也不明白另外一个人的记忆所止处。祖孙二人便沉默的一直走还家中。到了渡口，那代理看船的，正把船泊在岸边等候他们。几人渡过溪到了家中，剥粽子吃。到后那人要进城去，翠翠赶即为那人点上火把，让他有火把照路。人过了小溪上小山时，翠翠同祖父在船上望着，翠翠说：

"爷爷，看喽啰上山了啊！"

祖父把手攀引着横缆，注目溪面升起的薄雾，仿佛看到了什么东西，轻轻的吁了一口气。祖父静静的拉船过对岸家边时，要翠翠先上岸去，自己却守在船边，因为过节，明白一定有乡下人从城里看龙船，还得乘黑赶回家乡。

评　　点————————————————————————————

　　二老说你在河边大鱼会吃你，我们这里河中的鱼，现在吞不下你了：有趣的话说三遍。二老在河边第一次见到翠翠时说了一句趣话"回头水里大鱼来咬了你"，作者很珍惜这句俏皮话，不断从不同人物里来转述，重复，有余音袅袅的效果。"喽啰"二字，也是一样，这个字用得有趣，便不断地用，让它妙趣横生。先是翠翠背后说那人像个喽啰，后是船夫学过这个比喻，当面说那人像个喽啰，再是翠翠用这个比喻形容另外一个人。

　　男女唱歌的故事，皆不能如期举行："故事"配"举行"，词语组合奇妙有趣。

　　城墙俨然如一条长蛇：到此作者已经四次使用了"俨然"一词，但用法不同。前面第一次是"俨然吵嘴时的认真神气"，第二次是"俨然如一只小兽物"，第三次是"俨然懂得如何方为尽职似的"。俨然，俨然如，俨然……似的，尽量变化，以免单调。

六

白日里，老船夫正在渡船上同个卖皮纸的过渡人有所争持。一个不能接受所给的钱，一个却非把钱送给老人不可。正似乎因为那个过渡人送钱气派，使老船夫受了点压迫，这撑渡船人就俨然生气似的，迫着那人把钱收回，使这人不得不把钱捏在手里。但船拢岸时，那人跳上了码头，一手铜钱向船舱一撒，却笑眯眯的匆匆忙忙走了。老船夫手还得拉着船让别一个人上岸，无法去追赶那个人，就喊小山头的孙女：

"翠翠，翠翠，帮我拉着那个卖皮纸的小伙子，不许他走！"

翠翠不知道是怎么会回事，当真便同黄狗去拦那第一个下船人。那人笑着说：

"不要拦我！……"

正说着，第二个商人赶来了，就告给翠翠是什么事情。翠翠明白了，更紧拉着卖纸人衣服不放，只说："不许走！不许走！"黄狗为了表示同主人意见一致，也便在翠翠身边汪汪的吠着。其余商人皆笑着，一时不能走路。祖父气吁吁的赶来了，把钱强迫塞到那人手心里，且搭了一大束草烟到那商人的担子上去，搓着两手笑着说："走呀！你们上路走！”那些人于是全笑着走了。

翠翠说："爷爷，我还以为那人偷你东西同你打架！"

祖父就说：

"他送我好些钱，我绝不要这些钱！告他不要钱，他还同我吵，不讲道理！"

翠翠说："全还给他了吗？"

祖父抿着嘴把头摇摇，闭上一只眼睛，装成狡猾得意神气笑着，把扎在腰带上留下的那枚单铜子取出，送给翠翠。且说：

"他得了我们那把烟叶，可以吃到镇筸城！"

远处鼓声又蓬蓬的响起来了，黄狗张着两个耳朵听着。翠翠问祖父，听不听到什么声音。祖父一注意，知道是什么声音了，便说：

"翠翠，端午又来了。你记不记得去年天保大人送你那只肥鸭子。早上大老同一群人上川东去，过渡时还问你。你一定忘记那次落的行雨。我们这次若去，又得打火把回家；你记不记得我们两人用火把照路回家？"

翠翠还正想起两年前的端午一切事情。但祖父一问，翠翠却微带点儿恼着的神气，把头摇摇，故意说："我记不得，我记不得。我全记不得！"其实她那意思就是"我怎么记不得？"

祖父明白那话里意思，又说："前年还更有趣，你一个人在河边等我，差点儿不知道回来，天夜了，我还以为大鱼会吃掉你！"

提起旧事，翠翠嗤的笑了。

"爷爷，你还以为大鱼会吃掉我？是别人家说我，我告给你的！你那天只是恨不得让城中的那个爷爷把装酒的葫芦吃掉！你这种人，好记性！"

"我人老了，记性也坏透了。翠翠，现在你人长大了，一个人一定敢上城去看船不怕鱼吃掉你了。"

"人大了就应当守船哩。"

"人老了才应当守船。"

"人老了应当歇憩！"

"你爷爷还可以打老虎，人不老！"祖父说着，于是，把膀子弯曲起来，努力使筋肉在局束中显得又有力又年青，且说："翠翠，你不信，你咬。"

翠翠睨着腰背微驼的祖父，不说什么话。远处有吹唢呐的声音。她知道那是什么事情，且知道唢呐方向。要祖父同她下了船，把船拉过家中那边岸旁去。为了想早早的看到那迎婚送亲的喜轿，翠翠还爬到屋后塔下去眺望。过不久，那一伙人来了，两个吹唢呐的，四个强壮乡下汉子，一顶空花轿，一个穿新衣的团总儿子模样的青年，另外还有两只羊，一个牵羊的孩子，一坛酒，一盒糍粑，一个担礼物的人，一伙人上了渡船后，翠翠同祖父也上了渡船，祖父拉船，那翠翠却傍花轿站定，去欣赏每一个人的脸色与花轿上的流苏。拢岸后，团总儿子模样的人，从扣花抱肚里掏出了一个小红纸包封，递给老船夫。这是当地规矩，祖父再不能说不接收了。但得了钱祖父却说话了，问那个人，新娘是什么地方人，明白了，又问姓什么，明白了，又问多大年纪，一起皆弄明白了，吹唢呐的一上岸后，又把唢呐呜呜喇喇吹起来，一行人便翻山走了。祖父同翠翠留在船上，感情仿佛皆追着那唢呐声音走去，走了很远的路方回到自己身边来。

祖父掂着那红纸包封的分量说："翠翠，宋家堡子里新嫁娘年纪还只十五岁。"

翠翠明白祖父这句话的意思所在，不作理会，静静的把船拉动起来。

　　到了家边，翠翠跑还家中去取小小竹子做的双管唢呐，请祖父坐在船头吹"娘送女"曲子给她听，她却同黄狗躺到门前大岩石上荫处看天上的云。白日渐长，不知什么时节，祖父睡着了，翠翠同黄狗也睡着了。

评　　点———————————————————————————

　　《边城》中一再写到人在金钱面前的态度。这种态度中有原始儒家义利兼顾的特点：不义之财，一毫莫取；当受之利，却之不恭。这一节里特地两种情况都写到了，以免偏于一端，显得虚伪。

　　白日渐长，不知什么时节，祖父睡着了，翠翠同黄狗也睡着了：这个结尾情景，让人联想到苏轼《赤壁赋》结尾的句子："相与枕藉乎舟中，不知东方之既白。"《边城》对于金钱的态度，也像《赤壁赋》说的那样"苟非吾之所有，虽一毫而莫取"，《边城》的自然风光，也有如《赤壁赋》"江上之清风，与山间之明月，耳得之而为声，目遇之而成色，取之无禁，用之不竭，是造物者之无尽藏也"。

七

到了端午。祖父同翠翠在三天前业已预先约好，祖父守船，翠翠同黄狗过顺顺吊脚楼去看热闹。翠翠先不答应，后来答应了。但过了一天，翠翠又翻悔回来，以为要看两人去看，要守船两人守船。祖父明白那个意思，是翠翠玩心与爱心相战争的结果。为了祖父的牵绊，应当玩的也无法去玩，这不成！祖父含笑说："翠翠，你这是为什么？说定了的又翻悔，同茶峒人平素品德不相称。我们应当说一是一，不许三心二意。我记性并不坏到这样子，把你答应了我的即刻忘掉！"祖父虽那么说，很显然的事，祖父对于翠翠的打算是同意的。但人太乖巧，祖父有点怅然不乐了。见祖父不再说话，翠翠就说："我走了，谁陪你？"

祖父说："你走了，船陪我。"

翠翠把一对眉毛皱拢去苦笑着："船陪你，嗨，嗨，船陪你。"

祖父心想："你总有一天会要走的！"但不敢提起这件事。祖父一时无话可说，于是走过屋后塔下小圃里去看葱，翠翠跟过去。

"爷爷，我决定不去，要去让船去，我替船陪你！"

"好，翠翠，你不去我去，我还得戴了朵红花，装老太婆去见世面！"

两人皆为这句话笑了许久。所争执的事，不求结论了。

祖父理葱，翠翠却摘了一根大葱吹着，有人在东岸喊过渡，翠翠不让祖父占先，便忙着跑下去，跳上了渡船，援着横溪缆子拉船过溪去接人。一面拉船一面喊祖父：

"爷爷，你唱，你唱！"

祖父不唱，却只站在高岩上望翠翠，把手摇着，一句话不说。

祖父有点心事。

翠翠一天比一天大了，无意中提到什么时，会红脸了。时间在成长她，似乎正催促她，使她在另外一件事情上负点儿责。她欢喜看扑粉满脸的新嫁娘，欢喜述说关于新嫁娘的故事，欢喜把野花戴到头上去，还欢喜听人唱歌。茶峒人的歌声，缠绵处她已领略得出。她有时仿佛孤独了一点，爱坐在岩石上去，向天空一片云一颗星凝眸。祖父若问："翠翠，想什么？"她便带着点儿害羞情绪，轻轻的说："翠翠不想什么。"但在心里却同时又自问："翠翠，你想什么？"同时自己也就在心里答着："我想的很远，很多。可是我不知想些什么。"她的确在想，又的确连自己也不知在想些什么。这女孩子身体既发育得很完全，在本身上因年龄自然而来的一件"奇事"，到月就来，也使她多了些思索。

祖父明白这类事情对于一个女子的影响，祖父心情也变了些。祖父是一个在自然里活了七十年的人，但在人事上的自然现象，就有了些不能安排处。因为翠翠的长成，使祖父记起了些旧事，从掩埋在一大堆时间里的故事中重新找回了些东西。

翠翠的母亲，某一时节原同翠翠一个样子，眉毛长，眼睛大，皮肤红红的，也乖得使人怜爱——也懂在一些小处，起眼动眉毛，机伶懂事，使家中长辈快乐。也仿佛永远不会同家中这一个分开。但一点不幸来了，她认识了那个兵。到末了丢开老的和小的，却陪了那个兵死了。这些事从老船夫说来谁也无罪过，只应"天"去负责。翠翠的祖父口中不怨天，心中却不能完全同意这种不幸的安排。到底还像年青人，说是放下了，也正是不能放下的莫可奈何容忍到的一件事。

并且那时有个翠翠。如今假若翠翠又同妈妈一样，老船夫的年龄，还能把小雏儿再抚育下去吗？人愿意的事神却不同意！人太老了，应当休息了，凡是一个良善的中国乡下人，一生中生活下来所应得到的劳苦与不幸，业已全得到了。假若另外高处有一个上帝，这上帝且有一双手支配一切，很明显的事，十分公道的办法，是应当把祖父先收回去，再来让那个年青的在新的生活上得到应分接受那一份的。

可是祖父并不那么想。他为翠翠担心。有时便躺到门外岩石上，对着星子想他的心事。他以为死是应当快到了的，正因为翠翠人已长大了，证明自己也真正老了。可是无论如何，得让翠翠有个着落。翠翠既是她那可怜的母亲交把他的，翠翠大了，他也得把翠翠交给一个人，他的事才算完结！翠翠应分交给谁？必需什么样的人方不委屈她？

前几天顺顺家天保大老过溪时，同祖父谈话，这心直口快的青年人，第一句话就说：

"老伯伯，你翠翠长得真标致，像个观音样子。再过两年，若我有闲空能留在茶峒照料事情，不必像老鸦成天到处飞，我一定每夜到这溪边来为翠翠唱歌。"

祖父用微笑奖励这种自白。一面把船拉动，一面把那双小眼睛瞅着大老。意思好像说，你的傻话我全明白，我不生气，你尽管说下去，看你还有什么要说。

　　于是大老又说：

　　"翠翠太娇了，我担心她只宜于听点茶峒人的歌声，不能作茶峒女子做媳妇的一切正经事。我要个能听我唱歌的情人，却更不能缺少个照料家务的媳妇。'又要马儿不吃草，又要马儿走得好'，唉，这两句话恰是古人为我说的！"

　　祖父慢条斯理把船转了头，让船尾傍岸，就说：

　　"大老，也有这种事儿！你瞧着吧。"

　　那青年走去后，祖父温习着那些出于一个男子口中的真话，实在又愁又喜。翠翠若应当交把一个人，这个人是不是适宜于照料翠翠？当真交把了他，翠翠是不是愿意？

评　　点————————————————————————

　　我还得戴了朵红花，装老太婆去见世面：这一句让我们想起《红楼梦》刘姥姥进大观园。这句话原来写作"装刘老老进城去见世面"，那出处就更加显明了，后来作者改动了，是隐瞒出处呢，还是显得更自然一些，不见书生味呢？

　　时间在成长她：这样的句子很特别，很洋气。

八

初五大清早落了点毛毛雨，河上游且涨了点"龙船水"，河水已变作豆绿色。祖父上城买办过节的东西，戴了个粽粑叶"斗篷"，携带了一个篮子，一个装酒的大葫芦，肩头上挂了个褡裢，其中放了一吊六百制钱，就走了。因为是节日，这一天从小村小寨带了铜钱担了货物上城去办货掉货的极多，这些人起身也极早，故祖父走后，黄狗就伴同翠翠守船。翠翠头上戴了一个崭新的斗篷，把过渡人一趟一趟的送来送去。黄狗坐在船头，每当船拢岸时必先跳上岸边去衔绳头，引起每个过渡人的兴味。有些过渡乡下人也携了狗上城，照例如俗话说的，"狗离不得屋"，这些狗一离了自己的家，即或傍着主人，也变得非常老实了。到过渡时，翠翠的狗必走过去嗅嗅，从翠翠方面讨取了一个眼色，似乎明白翠翠的意思的就不敢有什么举动。直到上岸后，把拉绳子的事情作完，眼见到那只陌生的狗上小山去了，也必跟着追去。或者向狗主人轻轻吠着，或者逐着那陌生的狗，必得翠翠带点儿嗔恼的嚷着："狗，狗，你狂什么？还有事情做，你就跑呀！"于是这黄狗赶快跑回船上来，且依然满船闻嗅不已。翠翠说："这算什么轻狂举动！跟谁学得的！还不好好蹲到那边去！"狗俨然极其懂事，便即刻到它自己原来地方去，只间或又像想起什么心事似的，轻轻的吠几声。

　　雨落个不止，溪面一片烟。翠翠在船上无事可作时，便算着老船夫的行程。她知道他这一去应到什么地方碰到什么人，谈些什么话，这一天城门边应当是些什么情形，河街上应当是些什么情形，"心中一本册"，她完全如同亲眼见到的那么明明白白。她又知道祖父的脾气，一见城中相熟粮子上人物，不管是马夫火夫，总会把过节时应有的颂祝说出。这边说："副爷，你过节吃饱喝饱！"那一个便也将说："划船的，你吃饱喝饱！"这边如果说着如上的话，那边人说："有什么可以吃饱喝饱？四两肉，两碗酒，既不会饱也不会醉！"那么，祖父必很诚实邀请这熟人过碧溪岨喝个够量。倘若有人当时就想喝一口祖父葫芦中的酒，这老船夫也从不吝啬，必很快的就把葫芦递过去。酒喝过后，那兵营中人卷舌子舔着嘴唇，称赞酒好，于是又必被勒迫着喝第二口。酒在这种情形下少起来了，就又跑到原来铺上去，加满为止。翠翠且知道祖父还会到码头上去同刚拢岸一天两天的上水船水手谈谈话，问问下河的米价盐价，有时且弯着腰钻进那带有海带鱿鱼味，以及其他油味、醋味、柴烟味的船舱里去，水手们从小坛中抓出一把红枣，递给老船夫，过一阵，等到祖父回家被翠翠埋怨时，这红枣便成为祖父与翠翠和解的工具。祖父一到河街上，且一定有许多铺子上商人送他粽子与其他东西，作为对这个忠于职守的划船人一点敬意，祖父虽嚷着"我带了那么一大堆，回去会把老骨头压断"，可是不管如何，这些东西多少总得领点情。走到卖肉案桌边去，他想买肉，人家却照例不愿接钱。屠户若不接钱，他却宁可到另外一家去，决不想沾那点便宜。那屠户说："爷爷，你为人那么硬算什么？又不是要你去做犁口耕田！"但不行，他以为这是血钱，不比别的事情，你不收钱他会把钱预先算好，猛的把钱掷到大而长的钱筒里去，攫了肉就走去的。卖肉的明白他那种性情，到他称肉时总选取最好的一处，且把分量故意加多，他见及时却将说："喂喂，大老板，我不要你那些好处！腿上的肉是城里人炒鱿鱼肉丝用的肉，莫同我开玩笑！我要夹项肉，我要浓的，糯的，我是个划船人，我要拿去炖胡萝卜喝酒的！"得了肉，把钱交过手时，自己先数一次，又嘱咐屠户再数，屠户却照例不理会他，把一手钱哗的向长竹筒口丢去，他于是简直是妩媚的微笑着走了。屠户与其他买肉人，见到他这种神气，必笑个不止。……

翠翠还知道祖父必到河街上顺顺家里去。

翠翠温习着两次过节两个日子所见所闻的一切，心中很快乐，好像目前有一个东西，同早间在床上闭了眼睛所看到那种捉摸不定的黄葵花一样，这东西仿佛很明朗的在眼前，却看不准，抓不住。

翠翠想："白鸡关真出老虎吗？"她不知道为什么忽然想起白鸡关。白鸡关是酉水中部一个地名，离茶峒两百多里路！

于是又想："三十二个人摇六匹橹，上水走风时张起个大篷，一百幅白布拼成的一片东西，坐在这样大船上过洞庭湖，多可笑……"她不明白洞庭湖有多大，也就从不见过这种大船。更可笑的，还是她自己也不知道为什么却想起这个问题。

一群过渡人来了，有担子，有送公事跑差模样的人物，另外还有母女二人。母亲穿了新浆洗得硬朗的蓝布衣服，女孩子脸上涂着两饼红色，穿了不甚称身的新衣，上城到亲戚家中去拜节看龙船的。等待众人上船稳定后，翠翠一面望着那小女孩，一面把船拉过溪去。那小孩从翠翠估来年纪也将十二岁了，神气却很娇，似乎从不能离开过母亲。脚下穿的是一双尖尖头新油过的钉鞋，上面沾污了些黄泥。裤子是那种翻紫的葱绿布做的。见翠翠尽是望她，她也便看着翠翠，眼睛光光的如同两粒水晶球。神气中有点害羞，有点不自在，同时也有点不可言说的爱娇。那母亲模样的妇人便问翠翠年纪有几岁。翠翠笑着，不高兴答应，却反问小女孩今年几岁，听那母亲说十三岁时，翠翠忍不住笑了。那母女显然是财主人家的妻女，从神气上就可看出的。翠翠注视那女孩，发现了女孩子手上还戴得有一副麻花铰的银手镯，闪着白白的亮光，心中有点儿歆羡。船傍岸后，人陆续上了岸，妇人从身上摸出一把铜子，塞到翠翠手中，就走了。翠翠当时竟忘了祖父的规矩，也不说道谢，也不把钱退还，只望着这一行人中那个女孩子身后发痴。一行人正将翻过小山时，翠翠忽又忙匆匆的追上去，在山头上把钱还给那妇人。那妇人说："这是送你的！"翠翠不说什么，只微笑把头尽摇，表示不能接受，且不等妇人来得及说第二句话，就很快的向自己渡船边跑去了。

到了渡船上，溪那边又有人喊过渡，翠翠把船又拉回去。第二次过渡是七个人，又有两个女孩子，也同样因为看龙船特意换了干净衣服，相貌却并不如何美观，因此使翠翠更不能忘记先前那一个。

今天过渡的人特别多，其中女孩子比平时更多。翠翠既在船上拉缆子摆渡，故见到什么好看的，极古怪的，人乖的，眼睛眶子红红的，莫不在记忆中留下个印象。无人过渡时，等着祖父祖父又不来，便尽只反复温习这些女孩子的神气。且轻轻的无所谓的唱着：

"白鸡关出老虎咬人，不咬别人，团总的小姐派第一。……大姐戴副金簪子，二姐戴副银钏子，只有我三妹莫得什么戴，耳朵上长年戴条豆芽菜。"

　　城中有人下乡的，在河街上一个酒店前面，曾见及那个撑渡船的老头子，把葫芦嘴推让给一个年青水手，请水手喝他新买的白烧酒。翠翠问及时，那城中人就告给她所见到的事情。翠翠笑祖父的慷慨不是时候，不是地方。过渡人走了，翠翠就在船上又轻轻的哼着巫师迎神的歌玩：

　　　　你大仙，你大神，睁眼看看我们这里人！
　　　　他们既诚实，又年青，又身无疾病。
　　　　他们大人会喝酒，会作事，会睡觉；
　　　　他们孩子能长大，能耐饥，能耐冷；
　　　　他们牯牛肯耕田，山羊肯生仔，鸡鸭肯孵卵；
　　　　他们女人会养儿子，会唱歌，会找她心中欢喜的情人！

　　　　你大神，你大仙，排驾前来站两边。
　　　　关夫子身跨赤兔马，
　　　　尉迟公手拿大铁鞭。

　　　　你大仙，你大神，云端下降慢慢行！
　　　　张果老驴上得坐稳，
　　　　铁拐李脚下要小心！

　　　　福禄绵绵是神恩，
　　　　和风和雨神好心，

好酒好饭当前陈，
肥猪肥羊火上烹！

洪秀全，李鸿章，
你们在生是霸王，
杀人放火尽节全忠各有道，
今来坐席又何妨！

慢慢吃，慢慢喝，
月白风清好过河。
醉时携手同归去，
我当为你再唱歌！

那首歌声音既极柔和，快乐中又微带忧郁。唱完了这歌，翠翠心上觉得有一丝儿凄凉。她想起秋末酬神还愿时田坪中的火燎同鼓角。

远处鼓声已起来了，她知道绘有朱红长线的龙船这时节已下河了，细雨还依然落个不止，溪面一片烟。

评　　点————————————————————————

雨落个不止，溪面一片烟：这一句让我们想起唐代崔颢的佳句"日暮乡关何处是？烟波江上使人愁"。"烟"与"愁"的关联早就在诗句中种下了，沈从文写小说时摘取了诗的果子。

翠翠注视那女孩，发现了女孩子手上还戴得有一副麻花铰的银手镯，闪着白白的亮光，心中有点儿歆美：这一段写出了对于美物的挚爱。

一行人正将翻过小山时，翠翠忽又忙匆匆的追上去，在山头上把钱还给那妇人：这一句写出了对于道义的坚守。

两者都写出来，才是真实的、独特的翠翠。

女孩子脸上涂着两饼红色："饼"字用得妙，取自日常生活，亲切，贴切。比喻用得好，不见得要奇闻异见。寻常事物，可以用得不寻常。

洪秀全，李鸿章，你们在生是霸王，杀人放火尽节全忠各有道，今来坐席又何妨：洪秀全和李鸿章是战场上的生死对头，湘西人请他们同席，真是别有风情，耐人寻味。

九

九

　　祖父回家时，大约已将近平常吃早饭时节了。肩上手上全是东西，一上小山头便喊翠翠，要翠翠拉船过小溪来迎接他。翠翠眼看到多少人皆进了城，正在船上急得莫可奈何，听到祖父的声音，精神旺了，锐声答着："爷爷，爷爷，我来了！"

　　老船夫从码头边上了渡船后，把肩上手上的东西搁到船头上，一面帮着翠翠拉船，一面向翠翠笑着，如同一个小孩子，神气充满了谦虚与羞怯。"翠翠，你急坏了，是不是？"翠翠本应埋怨祖父的，但她却回答说："爷爷，我知道你在河街上劝人喝酒，好玩得很。"翠翠还知道祖父极高兴到河街上去玩，但如此说来，将更使祖父害羞乱嚷了，故不提出。

　　翠翠把搁在船头的东西——估记在眼里，不见了酒葫芦。翠翠嗤的笑了。

　　"爷爷，你倒大方，请副爷同船上人吃酒，连葫芦也让他们吃到肚里去了！"

　　祖父笑着忙作说明：

　　"哪里，哪里，我那葫芦被顺顺大哥扣下了，他见我在河街上请人喝酒，就说：'喂，喂，摆渡的张横，这不成的。你不开糟坊，如何这样子！你要作仁义大哥梁山好汉，把你那个放下来，请我全喝了吧。'他当真那么说：'请我全喝了吧。'我把葫芦放下了。但我猜想他是同我闹着玩的。他家里还少烧酒吗？翠翠，你说，是不是……"

"爷爷，你以为人家不是真想喝你的酒，便是同你开玩笑吗？"

"那是怎么的？"

"你放心，人家一定因为你请客不是地方，所以扣下你的葫芦，不让你请人把酒喝完。等等就会派毛伙为你送来的，你还不明白，真是！——"

"唉，当真会是这样的！"

说着船已拢了岸，翠翠抢先帮祖父搬东西回家，但结果却只拿了那尾鱼，那个花裢裢；裢裢中钱已用光了，却有一包白糖，一包芝麻小饼子。

两人刚把新买的东西搬运到家中，对溪就有人喊过渡，祖父要翠翠看着肉菜免得被野猫拖去，争先下溪去做事，一会儿，便同那个过渡人嚷着到家中来了。原来这人便是送酒葫芦的。只听到祖父说："翠翠，你猜对了。人家当真把酒葫芦送来了！"

翠翠来不及向灶边走去，祖父同一个年纪青青的脸黑肩膊宽的人物，便进到屋里了。

翠翠同客人皆笑着，让祖父把话说下去。客人又望着翠翠笑，翠翠仿佛明白为什么被人望着，有点不好意思起来，走到灶边烧火去了。溪边又有人喊过渡，翠翠赶忙跑出门外船上去，把人渡过了溪。恰好又有人过溪。天虽落小雨，过渡人却分外多，一连三次。翠翠在船上一面作事一面想起祖父的趣处。不知怎么的，从城里被人打发来送酒葫芦的，她觉得好像是个熟人。可是眼睛里像是熟人，却不明白在什么地方见过面。但也正像是不肯把这人想到某方面去，方猜不着这来人的身分。

祖父在岩坎上边喊："翠翠，翠翠，你上来歇歇，陪陪客！"本来无人过渡便想上岸去烧火，但经祖父一喊，反而不上岸了。

来客问祖父"进不进城看船"，老渡船夫就说："应当看守渡船。"两人又谈了些别的话。到后来客方言归正传：

"伯伯，你翠翠像个大人了，长得很好看！"

撑渡船的笑了。"口气同哥哥一样，倒爽快呢。"这样想着，却那么说："二老，这地方配受人称赞的只有你，人家都说你好看！'八面山的豹子，地地溪的锦鸡'，全是特为颂扬你这个人好处的警句！"

"但是，这很不公平。"

"很公平的！我听船上人说，你上次押船，船到三门下面白鸡关滩口出了事，从急浪中你援救过三个人。你们在滩上过夜，被村子里女人见着了，人家在你棚子边唱歌一整夜，是不是真有其事？"

"不是女人唱歌一夜，是狼嗥。那地方著名多狼，只想得机会吃我们！我们烧了一大堆火，吓住了它们，才不被吃！"

老船夫笑了："那更妙！人家说的话还是很对的。狼是只吃姑娘，吃小孩，吃十八岁标致青年的，像我这种老骨头，它不要吃，只嗅一嗅就会走开的！"

那二老说："伯伯，你到这里见过两万个日头，别人家全说我们这个地方风水好，出大人，不知为什么原因，如今还不出大人？"

"你是不是说风水好应出有大名头的人？我以为，这种人不生在我们这个小地方也不碍事。我们有聪明、正直、勇敢、耐劳的年青人，就够了。像你们父子兄弟，为本地方增光彩已经很多很多！"

"伯伯，你说得好，我也是那么想。地方不出坏人出好人，如伯伯那么样子，人虽老了，还硬朗得同棵楠木树一样，稳稳当当的活到这块地面，又正经，又大方，难得的咧。"

"我是老骨头了，还说什么。日头，雨水，走长路，挑分量沉重的担子，大吃大喝，挨饿受寒，自己分上的都拿过了，不久就会躺到这冰冷土地上喂蛆吃的。这世界有的是你们小伙子分上的一切，应当好好的干，日头不辜负你们，你们也莫辜负日头！"

"伯伯，看你那么勤快，我们年青人不敢辜负日头！"

说了一阵，二老想走了，老船夫便站到门口去喊叫翠翠，要她到屋里来烧水煮饭，掉换他自己看船。翠翠不肯上岸，客人却已下船了，翠翠把船拉动时，祖父故意装作埋怨神气说：

"翠翠，你不上来，难道要我在家里做媳妇煮饭吗？"

翠翠斜睨了客人一眼，见客人正盯着她，便把脸背过去，抿着嘴儿，很自负的拉着那条横缆，船慢慢拉过对岸了。客人站在船头同翠翠说话：

"翠翠，吃了饭，同你爷爷到我家吊脚楼上去看划船吧？"

翠翠不好意不说话，便说："爷爷说不去，去了无人守这个船！"

"你呢？"

"爷爷不去我也不去。"

"你也守船吗？"

"我陪我爷爷。"

"我要一个人来替你们守渡船，好不好？"

嘭的一下船已撞到岸边土坎上了，船拢了岸。二老向岸上一跃，站在斜坡上说：

"翠翠，难为你！……我回去就要人来替你们，你们赶快吃饭，一同到我家里去看船，今天人多咧，热闹咧！"

翠翠不明白这陌生人的好意，不懂得为什么一定要到他家中去看船，抿着小嘴笑笑，就把船拉回去了。到了家中一边溪岸后，只见那个年青人还正在对溪小山上。好像等待什么，不即走开。翠翠回转家中，到灶口边去烧火，一面把带点湿气的草塞进灶里去，一面向正在把客人带回的那一葫芦酒试着的祖父询问：

"爷爷，那人说回去就要人来替你，要我们两人去看船，你去不去？"

"你高兴去吗？"

"两人同去我高兴。那个人很好，我像认得他，他是谁？"

祖父心想："这倒对了，人家也觉得你好！"祖父笑着说："翠翠，你不记得你前年在大河边时，有个人说要计大鱼咬你吗？"

翠翠明白了，却仍然装不明白问："他是谁？"

"你想想看，猜猜看。"

"我猜不着他是张三李四。"

"顺顺船总家的二老，他认识你你不认识他啊！"他抿了一口酒，像赞美这个酒又赞美另一个人，低低的说，"好的，妙的，这是难得的。"

过渡的人在门外坎下叫唤着，老祖父口中还是"好的，妙的，……"匆匆的下船做事去了。

评　点————————————————————————————————————

　　我以为，这种人不生在我们这个小地方也不碍事。我们有聪明、正直、勇敢、耐劳的年青人，就够了：沈从文是民国长大的人，是新文化熏陶过的人，所以，他会有这样的尊重平民、崇敬青年的话。

　　那个人很好，我像认得他：这句话让我们想到《红楼梦》写宝玉与黛玉初次相遇便好像认得的情景来。

十

吃饭时隔溪有人喊过渡，翠翠抢着下船，到了那边，方知道原来过渡的人，便是船总顺顺家派来作替手的水手。这人一见翠翠就说道："二老要你们一吃了饭就去，他已下河了。"见了祖父又说："二老要你们吃了饭就去，他已下河了。"

张耳听听，便可听出远处鼓声已较繁密，从鼓声里使人想到那些极狭的船，在长潭中笔直前进时，水面上画着如何美丽的长长的线路！

新来的人茶也不吃，便在船头站妥了，翠翠同祖父吃饭时，邀他喝一杯，只是摇头推辞。祖父说：

"翠翠，我不去，你同小狗去好不好？"

"要不去，我也不想去！"

"我去呢？"

"我本来也不想去，但我愿意陪你去。"

祖父微笑着："翠翠，翠翠，你陪我去，好的，你就陪我去！"

…………

祖父同翠翠到城里大河边时，河边早站满了人。细雨已经停止，地面还是湿湿的。祖父要翠翠过河街船总家吊脚楼上去看船，翠翠却似乎有心事怕到那边去，以为站在河边较好。两人虽在河边站定，不多久，顺顺便派人来把他们请去了。吊脚楼上已有了很多的人。早上过渡时，为翠翠所注意的乡绅妻女，受顺顺家的款待，占据了两个最好窗口。一见到翠翠，那女孩子就说："你来，你来！"翠翠带着点儿羞怯走去，坐在她们身后边条凳上，祖父便走开了。

祖父并不看龙船竞渡，却为一个熟人拉到河上游半里路远近，过一个新碾坊看水碾子去了。老船夫对于水碾子原来就极有兴味的。倚山滨水来一座小小茅屋，屋中有那么一个圆石片子，固定在一个横轴上，斜斜的搁在石槽里。当水闸门抽去时，流水冲激地下的暗轮，上面的圆石片便飞转起来。作主人的管理这个东西，把毛谷倒进石槽中去，把碾好的米弄出放在屋角隅长方箩筛里，再筛去糠灰。地下全是糠灰，自己头上包着块白布帕子，头上肩上也全是糠灰。天气好时就在碾坊前后隙地里种些萝卜、青菜、大蒜、四季葱。水沟坏了，就把裤子脱去，到河里去堆砌石头，修理泄水处。水碾坝若修筑得好，还可装个小小鱼梁，涨小水时就自会有鱼上梁来，不劳而获！在河边管理一个碾坊比管理一只渡船多变化，有趣味，情形一看也就明白了。但一个撑渡船的若想有座碾坊，那简直是不可能的妄想。凡碾坊照例是属于当地小财主的产业。那熟人把老船夫带到碾坊边时，就告给他这碾坊业主为谁。两人一面各处视察一面说话。

那熟人用脚踢着新碾盘说：

"中寨人自己坐在高山砦（寨的异体字）子上，却欢喜来到这大河边置产业；这是中寨王团总的，值大钱七百吊！"

老船夫转着那双小眼睛，很羡慕的去欣赏一切，估计一切，把头点着，且对于碾坊中物件一一加以很得体的批评。后来两人就坐到那还未完工的白木条凳上去。熟人又说到这碾坊的将来，似乎是团总女儿陪嫁的妆奁。那人于是想起了翠翠，且记起大老过去一时托过他的事情来了。便问道：

"伯伯，你翠翠今年十几岁？"

"满十四岁进十五岁。"老船夫说过这句话后，便接着在心中计算过去的年月。

"十四岁多能干！将来谁得她真有福气！"

"有什么福气？又无碾坊陪嫁，一个光人。"

"别说一个光人，一个有用的人，两只手敌得五座碾坊！洛阳桥也是鲁般两只手造成的！……"这样那样的说着，表示对老船夫的抗议，说到后来那人自然笑了。

老船夫也笑了，心想："翠翠有两只手，将来也去造洛阳桥吧，新鲜事！"

那人过了一会又说：

"茶峒人年青男子眼睛光，选媳妇也极在行。伯伯，你若不多我的心时，我就说个笑话给你听。"

老船夫问："是什么笑话？"

那人说："伯伯你若不多心时，这笑话也可以当真话去听咧。"

接着说下去的就是顺顺家大老如何在人家面前赞美翠翠，且如何托他来探听老船夫口气那么一件事。末了同老船夫来转述另一回会话的情形。"我问他：'大老，大老，你是说真话还是说笑话？'他就说：'你为我去探听探听那老的，我欢喜翠翠，想要翠翠，是真话呀！'我说：'我这人口钝得很，说出了口收不回，万一老的一巴掌打来呢？'他说：'你怕打，你先当笑话去说，不会挨打的！'所以，伯伯，我就把这件真事情当笑话来同你说了。你试想想，他初九从川东回来见我时，我应当如何回答他？"

老船夫记起前一次大老亲口所说的话，知道大老的意思很真，且知道顺顺也欢喜翠翠，故心里很高兴。但这件事照规矩得这个人带封点心亲自到碧溪岨家中去说，方见得慎重起事。老船夫说："等他来时你说：老家伙听过了笑话后，自己也说了个笑话，他说：'车是车路，马是马路，各有走法。大老走的是车路，应当由大老爹爹作主，请了媒人来正正经经同我说。走的是马路，应当自己作主，站在渡口对溪高崖上，为翠翠唱三年六个月的歌。'"

"伯伯，若唱三年六个月的歌动得了翠翠的心，我赶明天就自己来唱歌了。"

"你以为翠翠肯了我还会不肯吗？"

"不咧，人家以为这件事情你老人家肯了翠翠便无有不肯呢。"

"不能那么说，这是她的事呵！"

"便是她的事情，可是必须老的作主，人家也仍然以为在日头月光下唱二年六个月的歌，还不如得伯伯说一句话好！"

"那么，我说，我们就这样办，等他从川东回来时，要他同顺顺去说个明白。我呢，我也先问问翠翠，若以为听了三年六个月的歌再跟那唱歌人走去有意思些，我就请你劝大老走他那弯弯曲曲的马路。"

"那好的。见了他我就说：'大老，笑话吗，我已经说过了。真话呢，看你自己的命运去了。'当真看他的命运去了，不过我明白他的命运，还是在你老人家手上捏着紧紧的。"

"不是那么说！我若捏得定这件事，我马上就答应了。"

这里两人把话说妥后，就过另一处看一只顺顺新近买来的三舱船去了。河街上顺顺吊脚楼方面，却有了如下事情。

翠翠虽被那乡绅女人喊到身边去坐，地位非常之好，从窗口望出去，河中一切朗然在望，然而心中可不安宁。挤在其他几个窗口看热闹的人，似乎皆常常把眼光从河中景物挪到这边几个人身上来。还有些人故意装成有别的事情样子，从楼这边走过那一边，事实上却全为的是好仔细看看翠翠这方面几个人。翠翠心中老不自在，只想借故跑去。一会儿河下的炮声响了，几只从对河取齐的船只，直向这方面划来。先是四条船皆相去不远，如四枝箭在水面射着。到了一半，已有两只船占先了些，再过一会子，那两只船中间便又有一只超过了并进的船只而前。看看船到了税局门前时，第二次炮声又响，那船便胜利了。这时节胜利的已判明属于河街人所划的一只，各处便皆响着庆祝的小鞭炮。那船于是沿了河街吊脚楼划去，鼓声蓬蓬作响，河边与吊脚楼各处，都同时呐喊表示快乐的祝贺。翠翠眼见在船头站定摇动小旗指挥进退头上包着红布的那个年青人，便是送酒葫芦到碧溪岨的二老，心中便印着两年前的旧事，"大鱼吃掉你！""吃掉不吃掉，不用你这个人管！""好的，我就不管！""狗，狗，你也看人叫！"想起狗，翠翠才注意到自己身边那只黄狗，早已不知跑到什么地方去，便离了座位，在楼上各处找寻她的黄狗，把船头人忘掉了。

她一面在人丛里找寻黄狗，一面听人家正说些什么话。

一个大脸妇人问："是谁家的人，坐到顺顺家当中窗口前的那块好地方？"

一个妇人就说："是砦子上王乡绅大姑娘，今天说是自己来看船，其实来看人，同时也让人看！人家命好，有本领坐那好地方！"

"看谁人，被谁看？"

"嗨，你还不明白，那乡绅想同顺顺打亲家呢。"

"那姑娘配什么人？是大老，还是二老呢？"

"是二老呀，等等你们看这岳云，就会上楼来拜他丈母娘的！"

另一个女人便插嘴说："事弄同了，好得很呢！人家在大河边有一座崭新碾坊陪嫁，比十个长年还好一些。"

有人问："二老怎么样？"

又有人就轻轻的说："二老已说过了，这不必看。第一件事我就不想作那个碾坊的主人！"

"你听岳云二老说过吗？"

"我听别人说的。还说二老欢喜一个撑渡船的。"

"他又不是傻小二，不要碾坊，要渡船吗？"

"那谁知道。横顺人是'牛肉炒韭菜，各人心里爱'。只看各人心里爱什么就吃什么，渡船不会不如碾坊！"

当时各人眼睛对着河里，口中说着这些闲话，却无一个人回头来注意到身后边的翠翠。

翠翠脸发火烧走到另外一处去，又听有两个人提及这件事。且说："一切早安排好了，只须要二老一句话。"又说："只看二老今天那么一股劲儿，就可以猜想得出，这劲儿是岸上一个黄花姑娘给他的！"

谁是激动二老的黄花姑娘？

翠翠人矮了些，在人后背已望不见河中的情形，只听到擂鼓声渐近渐激越，岸上呐喊声自远而近，便知道二老的船恰恰经过楼下。楼上人也大喊着，杂夹叫着二老的名字，乡绅太太那方面，且有人放小百子鞭炮。忽然又用另外一种惊讶声音喊着，且同时便见许多人出门向河下走去。翠翠不知出了什么事，心中有点迷乱，正不知走回原来座位边去好，还是依然站在人背后好。只见那边正有人拿了个托盘，装了一大盘粽子同细点心，在请乡绅太太小姐用点心，不好意思再过那边去，便想也挤出大门外到河下去看看。从河街一个盐店旁边甬道下河时，正在一排吊脚楼的梁柱间，迎面碰头一群人，拥着那个头包红布的二老来了。原来二老因失足落水，已从水中爬起来了。路太窄了一些，翠翠虽闪过一旁，与迎面来的人仍然得肘子触着肘子。二老一见翠翠就说：

"翠翠，你来了，爷爷也来了吗？"

翠翠脸还发着烧不便作声，心想："黄狗跑到什么地方去了呢？"

二老又说：

"怎不到我家楼上去看呢？我已要人替你弄了个好位子。"

翠翠心想："碾坊陪嫁，希奇事情咧。"

二老不能逼迫翠翠回去，到后便各自走开了。翠翠到河下时，小小心腔中充满了一种说不分明的东西。是烦恼吧，不是！是忧愁吧，不是！是快乐吧，不，有什么事情使这个女孩子快乐呢？是生气了吧，——是的，她当真仿佛觉得自己是在生一个人的气，又像是在生自己的气。河边人太多了，码头边浅水中，船桅船篷上，以至于吊脚楼的柱子上，无不挤满了人。翠翠自言自语说："人那么多，有什么三脚猫好看？"先还以为可以在什么船上发现她的祖父，但各处搜寻了一阵，却无祖父的影子。她挤到水边去，一眼便看到了自己家中那条黄狗，同顺顺家一个长年，正在去岸数丈一只空船上看热闹。翠翠锐声叫喊了两声，黄狗张着耳叶昂头四面一望，便猛的扑下水中，向翠翠方面泅来了。到了身边时狗身上已全是水，把水抖着且跳跃不已，翠翠便说："得了，狗，装什么疯。你又不翻船，谁要你落水呢？"

翠翠同黄狗各处找祖父去，在河街上一个木行前恰好遇着了祖父。

老船夫说："翠翠，我看了个好碾坊，碾盘是新的，水车是新的，屋上稻草也是新的！水坝管着一绺水，急溜溜的，抽水闸板时水车转得如陀螺。"

翠翠带着点做作问："是什么人的？"

"是什么人的？住在山上的员外王团总的。我听人说是那中寨人为女儿作嫁妆的东西，好不阔气，包工就是七百吊大制钱，还不管风车，不管家私！"

"谁讨那个人家的女儿？"

祖父望着翠翠干笑着："翠翠，大鱼咬你，大鱼咬你。"

翠翠因为对于这件事心中有了个数目，便仍然装着全不明白，只询问祖父："爷爷，什么人得到那个碾坊？"

"岳云二老！"祖父说了又自言自语的说："有人羡慕二老得到碾坊，也有人羡慕碾坊得到二老！"

"谁羡慕呢，爷爷？"

"我羡慕。"祖父说着便又笑了。

翠翠说："爷爷，你喝醉了。"

"可是二老还称赞你长得美呢。"

翠翠："爷爷，你疯了。"

祖父说："爷爷不醉不疯，……去，我们到河边看他们放鸭子去。可惜我老了，不能下水里去捉只鸭子回家焖姜吃。"他还想说："二老捉得鸭子，一定又会送给我们的。"话不及说，二老来了，站在翠翠面前微笑着。翠翠也笑着。

于是三个人回到吊脚楼上去。

评　　点────────────────────────

在河边管理一个碾坊比管理一只渡船多变化，有趣味：这句话写船夫的思想，体现的是沈从文的一种价值观——变化的趣味。船夫看重碾坊，不是看重其经济价值，而是看中它的"多变化，有趣味"。这个观念，很另类，蛮超前的。就像有些人选择职业的时候，不一定看重职业的名利，而是看重工作的趣味。

十一

　　有人带了礼物到碧溪岨。掌水码头的顺顺，当真请了媒人为儿子向渡船的攀亲戚来了。老船夫慌慌张张把这个人渡过溪口，一同到家里去。翠翠正在屋门前剥豌豆，来了客并不如何注意。但一听到客人进门说"贺喜贺喜"，心中有事，不敢再蹲在屋门边，就装作追赶菜园地的鸡，拿了竹响篙唰唰的摇着，一面口中轻轻喝着，向屋后白塔跑去了。

　　来人说了些闲话，言归正传转述到顺顺的意见时，老船夫不知如何回答，只是很惊惶的搓着两只茧结的大手，好像这不会真有其事，而且神气中只像在说："那好的，那妙的。"其实这老头子却不曾说过一句话。

　　来人把话说完后，就问作祖父的意见怎么样。老船夫笑着把头点着说："大老想走车路，这个很好。可是我得问问翠翠，看她自己主张怎么样。"来人被打发走后，祖父在船头叫翠翠下河边来说话。

　　翠翠拿了一簸箕豌豆下到溪边，上了船，娇娇的问她的祖父："爷爷，你有什么事？"祖父笑着不说什么，只偏着个白发盈颠的头看着翠翠，看了许久。翠翠坐到船头，有点不好意思，低下头去剥豌豆，耳中听着远处竹篁里的黄鸟叫。翠翠想："日子长咧，爷爷话也长了。"翠翠心轻轻的跳着。

过了一会祖父说："翠翠，翠翠，先前那个人来作什么，你知道不知道？"

翠翠说："我不知道。"说后脸同颈脖全红了。

祖父看看那种情景，明白翠翠的心事了，便把眼睛向远处望去，在空雾里望见了十六年前翠翠的母亲，老船夫心中异常柔和了。轻轻的自言自语说："每一只船总要有个码头，每一只雀儿得有个窠。"他同时想起那个可怜的母亲过去的事情，心中有了一点隐痛，却勉强笑着。

翠翠呢，正从山中黄鸟杜鹃叫声里，以及山谷中伐竹人嗽嗽一下一下的砍伐竹子声音里，想到许多事情。老虎咬人的故事，与人对骂时四句头的山歌，造纸作坊中的方坑，铁工场熔铁炉里泄出的铁汁，耳朵听来的，眼睛看到的，她似乎都要去温习温习。她所以这样作，又似乎全只为了希望忘掉眼前的一桩事而起。但她实在有点误会了。

祖父说："翠翠，船总顺顺家里请人来作媒，想讨你作媳妇，问我愿不愿。我呢，人老了，再过三年两载会过去的，我没有不愿意的事情。这是你自己的事，你自己想想，自己来说。愿意，就成了；不愿意，也好。"

翠翠不知如何处理这个问题，装作从容，怯怯的望着老祖父。又不便问什么，当然也不好回答。

祖父又说："大老是个有出息的人，为人又正直，又慷慨，你嫁了他，算是命好！"

翠翠弄明白了，人来做媒的是大老！不曾把头抬起，心忡忡的跳着，脸烧得厉害，仍然剥她的豌豆，且随手把空豆荚抛到水中去，望着它们在流水中从从容容的流去，自己也俨然从容了许多。

见翠翠总不作声，祖父于是笑了，且说："翠翠，想几天不碍事。洛阳桥并不是一个晚上造得好的，要日子咧。前次那个人来就向我说起这件事，我已经就告过他：车是车路，马是马路，各有规矩。想爸爸作主，请媒人正正经经来说是车路；要自己作主，站到对溪高崖竹林里为你唱三年六个月的歌是马路，——你若欢喜走马路，我相信人家会为你在日头下唱热情的歌，在月光下唱温柔的歌，像一只洋鹊一样一直唱到吐血喉咙烂！"

翠翠不作声，心中只想哭，可是也无理由可哭。祖父还是再说下去，便引到死过了的母亲来了。老人话说了一阵，沉默了。翠翠悄悄把头撇过一些，见祖父眼中业已酿了一汪眼泪。翠翠又惊又怕，怯生生的说："爷爷，你怎么的？"祖父不作声，用大手掌擦着眼睛，小孩子似的咕咕笑着，跳上岸跑回家中去了。

翠翠心中乱乱的，想赶去却不赶去。

雨后放晴的天气，日头炙到人肩上背上已有了点儿力量。溪边芦苇水杨柳，菜园中菜蔬，莫不繁荣滋茂，带着一分有野性的生气。草丛里绿色蚱蜢各处飞着，翅膀搏动空气时皆嚓嚓作声。枝头新蝉声音虽不成腔却已渐渐宏大。两山深翠逼人的竹篁中，有黄鸟与竹雀杜鹃交递鸣叫。翠翠感觉着，望着，听着，同时也思索着：

"爷爷今年七十岁……三年六个月的歌——谁送那只白鸭子呢？……得碾子的好运气，碾子得谁更是好运气？……"

痴着，忽地站起，半簸箕豌豆便倾倒到水中去了。伸手把那簸箕从水中捞起时，隔溪有人喊过渡。

洛阳桥并不是一个晚上造得好的：这句话，应该是从"罗马不是一天建成" 转化而来的。这是个英语谚语：Rome was not built in a day。这句话可见新文学大师海纳百川、天马行空的创造力。

翠翠为何不爱大老？作者很含蓄。显而易见，是二老比大老有趣好玩。可以想象的原因，是二老比大老美。

隔溪有人喊过渡：作为这一节的结尾，让我们想到王维《终南山》的末句："隔水问樵夫。"可见沈从文写小说，善于借用唐诗，给人余味无穷之感。

十二

十二

　　翠翠第二天第二次在白塔下菜园地里，被祖父询问到自己主张时，仍然心儿憧憧的跳着，把头低下不作理会，只顾用手去掐葱。祖父笑着，心想："还是等等看，再说下去，这一坪葱会全掐掉了。"同时似乎又觉得这其间有点古怪处，不好再说下去，便自己按捺住言语，用一个做作的笑话，把问题引到另外一件事情上去了。

　　天气渐渐的越来越热了。近六月时，天气热了些。老船夫把一个满是灰尘的黑陶缸子，从屋角隅里搬出，自己还匀出闲工夫，拼了几方木板，作成一个圆盖。又锯木头作成一个三脚架子，且削刮了个大竹筒，用葛藤系定，放在缸边作为舀茶的家具。自从这茶缸移到屋门溪边后，每早上翠翠就烧一大锅开水，倒进那缸子里去。有时缸里加些茶叶，有时却只放下一些用火烧焦的锅巴，乘那东西还燃着时便抛进缸里去。老船夫且照例准备了些发痧肚痛治疱疮疡子的草根木皮，把这些药搁在家中当眼处，一见过渡人神气不对，就忙匆匆的把药取来，善意的勒迫这过路人使用他的药方，且告给人这许多救急丹方的来源（这些丹方自然全是他从城中军医同巫师学来的）。他终日裸着两只膀子，在溪中方头船上站定，头上还常常是光光的，一头短短白发，在日光下如银子。翠翠依然是个快乐人，屋前屋后跑着唱着，不走动时就坐在门前高崖树荫下，吹小竹管儿玩。爷爷仿佛把大老提婚的事早已忘掉，翠翠自然也似乎忘掉这件事情了。

可是那做媒的不久又来探口气了，依然同从前一样，祖父把事情成否全推到翠翠身上去，打发了媒人上路。回头又同翠翠谈了一次，也依然不得结果。

老船夫猜不透这事情在这什么方面有个疙瘩，解除不去，夜里躺在床上便常常陷入一种沉思里去，隐隐约约体会到一件事情（指体会到翠翠爱二老不爱大老）。再想下去便是……想到了这里时，他笑了，为了害怕而勉强笑了。其实他有点忧愁，因为他忽然觉得翠翠一切全像那个母亲，而且隐隐约约便感觉到这母女二人共通的命运。一堆过去的事情蜂拥而来，不能再睡下去了，一个人便跑出门外，到那临溪高崖上去，望天上的星辰，听河边纺织娘和一切虫类如雨的声音，许久许久还不睡觉。

这件事翠翠自然是注意不及的，这小女孩子日子里尽管玩着，工作着，也同时为一些很神秘的东西驰骋她那颗小小的心，但一到夜里，却甜甜的睡眠了。

不过一切皆得在一份时间中变化。这一家安静平凡的生活，也因了一堆接连而来的日子，在人事上把那安静空气完全打破了。

船总顺顺家中一方面，则天保大老的事已被二老知道了，傩送二老同时也让他哥哥知道了弟弟的心事。这一对难兄难弟原来同时都爱上了那个撑渡船的外孙女。这事情在本地人说来并不希奇，边地俗话说："火是各处可烧的，水是各处可流的，日月是各处可照的，爱情是各处可到的。"有钱船总儿子，爱上一个弄渡船的穷人家女儿，不能成为希罕的新闻。有一点困难处，只是这两兄弟到了谁应取得这个女人作媳妇时，是不是也还得照茶峒人规矩，来一次流血的挣扎？

兄弟两人在这方面是不至于动刀的，但也不作兴有"情人奉让"，如大都市懦怯男子爱与仇对面时作出的可笑行为。

那哥哥同弟弟在河上游一个造船的地方，看他家中那一只新船，在新船旁把一切心事全告给了弟弟，且附带说明，这点念头还是两年前植下根基的。弟弟微笑着，把话听下去。两人从造船处沿了河岸又走到王乡绅新碾坊去，那大哥就说：

"二老，你运气倒好，作了团总女婿，有座碾坊；我呢，若把事情弄好了，我应当接那个老的手来划渡船。我欢喜这个事情。我还想把碧溪岨两个山头买过来，在界线上种一片大南竹，围着这一条小溪作为我的砦子！"

那二老仍然默默的听着，把手中拿的一把弯月形镰刀随意斫削路旁的草木，到了碾坊时，却站住了向他哥哥说：

"大老，你信不信这女子心上早已有了个人？"

"我不信。"

"大老，你信不信这碾坊将来归我？"

"我不信。"

两人于是进了碾坊。

二老又说："你不必——大老，我再问你，假若我不想得到这座碾坊，却打量要那只渡船，而且这念头也是两年前的事，你信不信呢？"

那大哥听来真着了一惊，望了一下坐在碾盘横轴上的傩送二老，知道二老不是说谎，于是站近了一点，伸手在二老肩上打了一下，且想把二老拉下来。他明白了这件事，他笑了。他说："我相信的，你说的全是真话！"

二老把眼睛望着他的哥哥，很诚实的说：

"大老，相信我，这是真事。我早就那么打算到了。家中不答应，那边若答应了，我当真预备去弄渡船的！——你告我，你呢？"

"爸爸已听了我的话，为我要城里的杨马兵做保山，向划渡船说亲去了！"大老说到这个求亲手续时，好像知道二老要笑他，又解释要保山去的用意，"只是因为老的说车有车路，马有马路，我就走了车路。"

"结果呢？"

"得不到什么结果。老的口上含李子，说不明白。"

"马路呢？"

"马路呢，那老的说若走马路，我得在碧溪岨对溪高崖上唱三年六个月的歌。把翠翠心子唱软，翠翠就归我了。"

"这并不是个坏主张！"

"是呀，一个结巴人话说不出还唱得出。可是这件事轮不到我了。我不是竹雀，不会唱歌。鬼知道那老人家存心是要把孙女儿嫁个会唱歌的水车，还是预备规规矩矩嫁个人！"

"那你怎么样？"

"我想告那老的，要他说句实在话。只一句话。不成，我跟船下桃源去了；成呢，便是要我撑渡船，我也答应了他。"

"唱歌呢？"

"二老，这是你的拿手好戏，你要去做竹雀你就赶快去吧，我不会捡马粪塞你嘴巴的。"

二老看到哥哥那种样子，便知道为这件事哥哥感到的是一种如何烦恼了。他明白他哥哥的性情，代表了茶峒人粗卤爽直一面，弄得好，掏出心子来给人也很慷慨作去，弄不好，亲舅舅也必一是一二是二。大老何尝不想在车路上失败时走马路；但他一听到二老的坦白陈述后，他就知道马路只二老有分，他自己的事不能提了。因此他有点气恼，有点愤慨，自然是无从掩饰的。

二老想出了个主意，就是两兄弟月夜里同过碧溪岨去唱歌，莫让人知道是弟兄两个，两人轮流唱下去，谁得到回答，谁便继续用那张唱歌胜利的嘴唇，服侍那划渡船的外孙女。大老不善于唱歌，轮到大老时也仍然由二老代替。两人凭命运来决定自己的幸福，这么办可说是极公平了。提议时，那大老还以为他自己不会唱，也不想请二老替他作竹雀。但二老那种诗人性格，却使他很固执的要哥哥实行这个办法。二老说必须这样作，一切方公平一点。

大老把弟弟提议想想，作了一个苦笑。"×娘的，自己不是竹雀，还请老弟做竹雀！好，就是这样子，我们各人轮流唱，我也不要你帮忙，一切我自己来吧。树林子里的猫头鹰，声音不动听，要老婆时，也仍然是自己叫下去，不请人帮忙的！"

两人把事情说妥当后，算算日子，今天十四，明天十五，后天十六，接连而来的三个日子，正是有大月亮天气。气候既到了中夏，半夜里不冷不热，穿了白家机布汗褂，到那些月光照及的高崖上去，遵照当地的习惯，很诚实与坦白去为一个"初生之犊"的黄花女唱歌。露水降了，歌声涩了，到应当回家了时，就趁残月赶回家去。或过那些熟识的整夜工作不息的碾坊里去，躺到温暖的谷仓里小睡，等候天明。一切安排皆极其自然，结果是什么，两人虽不明白，但也看得极其自然。两人便决定了从当夜起始，来作这种为当地习惯所认可的竞争。

评　点————————————————————————

　　火是各处可烧的，水是各处可流的，日月是各处可照的，爱情是各处可到的：沈从文说的"人生的形式"，不知道是不是就是这样的边地俗话显示的形式？这是一种活泼的形式，自由的形式。

　　兄弟两人在这方面是不至于动刀的，但也不作兴有"情人奉让"，如大都市懦怯男子爱与仇对面时作出的可笑行为：这句话表明了作者面临爱情冲突时的一种态度——不赞成恶斗，也不赞成谦让。那么怎么办？合情合理地竞争。沈从文反对过度文明化，他从文，但也崇野。

十三

　　黄昏来时翠翠坐在家中屋后白塔下，看天空被夕阳烘成桃花色的
薄云，十四中寨逢场，城中生意人过中寨收买山货的很多，过渡人也
特别多，祖父在溪中渡船上忙个不息。天已快夜，别的雀子似乎都要
休息了，只杜鹃叫个不息。石头泥土为白日晒了一整天，草木为白日
晒了一整天，到这时节皆放散一种热气。空气中有泥土气味，有草木
气味，且有甲虫类气味。翠翠看着天上的红云，听着渡口飘乡生意人
的杂乱声音，心中有些儿薄薄的凄凉。

　　黄昏照样的温柔、美丽和平静。但一个人若体念到这个当前一切
时，也就照样的在这黄昏中会有点儿薄薄的凄凉。于是，这日子成为
痛苦的东西了。翠翠觉得好像缺少了什么。好像眼见到这个日子过去
了，想在一件新的人事上攀住它，但不成。好像生活太平凡了，忍受
不住。

　　"我要坐船下桃源县过洞庭湖，让爷爷满城打锣去叫我，点了灯
笼火把去找我。"

　　她便同祖父故意生气似的，很放肆的去想到这样一件不可能事
情，她且想象她出走后，祖父用各种方法寻觅她皆无结果，到后如何

躺在渡船上。

人家喊："过渡，过渡，老伯伯，你怎么的！不管事！""怎么的！翠翠走了，下桃源县了！""那你怎么办？""怎么办吗？拿了把刀，放在包袱里，搭下水船去杀了她！"……

翠翠仿佛当真听着这种对话，吓怕起来了，一面锐声喊着她的祖父，一面从坎上跑向溪边渡口去。见到了祖父正把船拉在溪中心，船上人喁喁说着话，小小心子还依然跳跃不已。

"爷爷，爷爷，你把船拉回来呀！"

那老船夫不明白她的意思，还以为是翠翠要为他代劳了，就说：

"翠翠，等一等，我就回来！"

"你不拉回来了吗？"

"我就回来！"

翠翠坐在溪边，望着溪面为暮色所笼罩的一切，且望到那只渡船上一群过渡人，其中有个吸旱烟的打着火镰吸烟，把烟杆在船边剥剥的敲着烟灰，就忽然哭起来了。

祖父把船拉回来时，见翠翠痴痴的坐在岸边，问她是什么事，翠翠不作声。祖父要她去烧火煮饭，想了一会儿，觉得自己哭得可笑，一个人便回到屋中去，坐在黑黝黝的灶边把火烧燃后，她又走到门外高崖上去，喊叫她的祖父，要他回家里来。在职务上毫不儿戏的老船夫，因为明白过渡人皆是赶回城中吃晚饭的人，来一个就渡一个，不便要人站在那岸边呆等，故不上岸来。只站在船头告翠翠，不要叫他，且让他做点事，把人渡完事后，会回家里来吃饭。

翠翠第二次请求祖父，祖父不理会，她坐在悬崖上，很觉得悲伤。

天夜了，有一匹大萤火虫尾上闪着蓝光，很迅速的从翠翠身旁飞过去，翠翠想："看你飞得多远！"便把眼睛随着那萤火虫的明光追去。杜鹃又叫了。

"爷爷，为什么不上来？我要你！"

在船上的祖父听到这种带着娇有点儿埋怨的声音，一面粗声粗气的答道："翠翠，我就来，我就来！"一面心中却自言自语："翠翠，爷爷不在了，你将怎么样？"

老船夫回到家中时，见家中还黑黝黝的，只灶间有火光，见翠翠坐在灶边矮条凳上，用手蒙着眼睛。

走过去才晓得翠翠已哭了许久。祖父一个下半天来，皆弯着个腰在船上拉来拉去，歇歇时手也酸了，腰也酸了，照规矩，一到家里就会嗅到锅中所焖瓜菜的味道，且可看见翠翠安排晚饭在灯光下跑来跑去的影子。今天情形竟不同了一点。

祖父说："翠翠，我来慢了，你就哭，这还成吗？我死了呢？"

翠翠不作声。

祖父又说："不许哭，做一个大人，不管有什么事都不许哭。要硬扎一点，结实一点，才配活到这块土地上！"

翠翠把手从眼睛边移开，靠近了祖父身边去："我不哭了。"

两人作饭时，祖父为翠翠述说起一些有趣味的故事。因此提到了死去了的翠翠的母亲。两人在豆油灯下把饭吃过后，老船夫因为工作疲倦，喝了半碗白酒，因此饭后兴致极好，又同翠翠到门外高崖上月光下去说故事。说了些那个可怜母亲的乖巧处，同时且说到那可怜母亲性格强硬处，使翠翠听来神往倾心。

翠翠抱膝坐在月光下，傍着祖父身边，问了许多关于那个可怜母亲的故事。间或吁一口气，似乎心中压上了些分量沉重的东西，想挪移得远一点，才吁着这种气，可是却无从把那东西挪开。

月光如银子，无处不可照及，山上篁竹在月光下皆成为黑色。身边草丛中虫声繁密如落雨。间或不知道从什么地方，忽然会有一只草莺"嗞嗞嗞嗞嘘！"啭着她的喉咙，不久之间，这小鸟儿又好像明白这是半夜，不应当那么吵闹，便仍然闭着那小小眼儿安睡了。

祖父夜来兴致很好，为翠翠把故事说下去，就提到了本城人二十年前唱歌的风气，如何驰名于川黔边地。翠翠的父亲，便是当地唱歌的第一手，能用各种比喻解释爱与憎的结子，这些事也说到了。翠翠母亲如何爱唱歌，且如何同父亲在未认识以前在白日里对歌，一个在半山上竹篁里砍竹子，一个在溪面渡船上拉船，这些事也说到了。

翠翠问："后来怎么样？"

祖父说："后来的事当然长得很，最重要的事情，就是这种歌唱出了你。"

祖父于是沉默了，不曾说"唱出了你后也就死去了你的父亲和母亲"。

评　　点——————————————————————————

就忽然哭起来了：前面都是写笑，写快乐，这里第一次写哭。为什么哭？这是爱萌动之后的哭。爱作为一种需要，萌动了，但是满足需要的时候还没来，这里有一种痛苦，表现为痛哭。

不许哭，做一个大人，不管有什么事都不许哭：这句话表达了作者的性格。这个性格跟他说的吃得苦、霸得蛮、耐得烦的湖南性格有关吗？这句话本身就很霸蛮的。沈从文自己也不是什么事都不哭的。无情未必真豪杰，有泪何尝不丈夫，只是不轻弹而已。

这种歌唱出了你：这样的话很知识分子味，很现代文学味，很诗意，很洋气，不像一个边地船夫说得出的。但是，在《边城》的描述中，作者写到这句话时，为什么不给人别扭之感呢？中国画讲究与对象处于似与不似之间，咏物诗讲求与物不即不离、若即若离的美学。沈从文写人物的笔法，合乎这一美学原理。

有一匹大萤火虫：萤火虫用"匹"来指称，这种用法，老师、校对可能要当成错误纠正吧？然而，这正是一个夸大得有趣的用词法。它用"匹"字很好地凸显了"大"的效果，同时体现了虫子移动如马匹的状态。

十四

老船夫做事累了睡了，翠翠哭倦了也睡了。翠翠不能忘记祖父所说的事情，梦中灵魂为一种美妙歌声浮起来了，仿佛轻轻的各处飘着，上了白塔，下了菜园，到了船上，又复飞窜过悬崖半腰——去作什么呢？摘虎耳草！白日里拉船时，她仰头望着崖上那些肥大虎耳草已极熟习。崖壁三五丈高，平时攀折不到手，这时节却可以选顶大的叶子作伞。

一切皆像是祖父说的故事，翠翠只迷迷胡胡的躺在粗麻布帐子里草荐上，以为这梦做得顶美顶甜。祖父却在床上醒着，张起个耳朵听对溪高崖上的人唱了半夜的歌。他知道那是谁唱的，他知道是河街上天保大老走马路的第一着，因此又忧愁又快乐的听下去。翠翠因为日里哭倦了，睡得正好，他就不去惊动她。

第二天天一亮，翠翠同祖父起身了，用溪水洗了脸，把早上说梦的忌讳去掉了，翠翠赶忙同祖父去说昨晚上所梦的事情。

"爷爷，你说唱歌，我昨天就在梦里听到一种顶好听的歌声，又软又缠绵，我像跟了这声音各处飞，飞到对溪悬崖半腰，摘了一大把虎耳草，得到了虎耳草，我可不知道把这个东西交给谁去了。我睡得真好，梦的真有趣！"

祖父温和悲悯的笑着，并不告给翠翠昨晚上的事实。

祖父心里想："做梦一辈子更好，还有人在梦里作宰相咧。"

昨晚上唱歌的，老船夫还以为是天保大老，日来便要翠翠守船，借故到城里去送药，探探情形。在河街见到了大老，就一把拉住那小伙子，很快乐的说：

"大老，你这个人，又走车路又走马路，是怎样一个狡猾东西！"

但老船夫却作错了一件事情，把昨晚唱歌人"张冠李戴"了。这两弟兄昨晚上同时到碧溪岨去，为了作哥哥的走车路占了先，无论如何也不肯先开腔唱歌，一定得让那弟弟先唱。弟弟一开口，哥哥却因为明知不是敌手，更不能开口了。翠翠同她祖父晚上听到的歌声，便全是那个傩送二老所唱的。大老伴弟弟回家时，就决定了同茶峒地方离开，驾家中那只新油船下驶，好忘却了上面的一切。这时正想下河去看新油船装货。老船夫见他神情冷冷的，不明白他的意思，就用眉眼做了一个可笑的记号，表示他明白大老的冷淡处是装成的，表示他有好消息可以奉告。他拍了大老一下，翘起一个大拇指轻轻的说：

"你唱得很好，别人在梦里听着你那个歌，为那个歌带得很远，走了不少的路！你是第一号，是我们地方唱歌第一号。"

大老望着弄渡船的老船夫涎皮的老脸，轻轻的说：

"算了吧，你把宝贝孙女儿送给会唱歌的竹雀吧。"

这句话使老船夫完全弄不明白它的意思。大老从一个吊脚楼甬道走下河去了，老船夫也跟着下去。到了河边，见那只新船正在装货，许多油篓子搁在河岸边。一个水手正在用茅草扎成长束，备作船舷上挡浪用的茅把。还有人坐在河边石头上，用脂油擦抹桨板。老船夫问那个水手，这船什么日子下行，谁押船，那水手把手指着大老。老船夫搓着手说：

"大老，听我说句正经话，你那件事走车路，不对；走马路，你有分的！"

那大老把手指着窗口说："伯伯，你看那边，你要竹雀做孙女婿，竹雀在那里啊！"

老船夫抬头望见二老，正在窗口整理一个鱼网。

回碧溪岨到渡船上时，翠翠问：

"爷爷，你同谁吵了架，脸色那样难看！"

祖父莞尔而笑，他到城里的事情，不告给翠翠一个字。

评　点————————————————————————

前面十几节，比较偏重写实，到这里开始虚一点，写梦，梦就是虚。作品最后的结尾，写等待，写盼望，也是虚写。作品从实到虚，虚实兼备。

《边城》有笛有歌，有月有水，有船有人，有酒有客，让人想起《赤壁赋》的情调。不知道作者写《边城》时是否受到《赤壁赋》意境的潜移默化。或者黄州赤壁，也是边城，湘西湖北，同为楚地，其地其人，有不约而同者，其情其景，有所见略同在。

作者善于利用误会来推动情节，变化情调。

十五

十五

　　大老坐了那只新油船向下河走去了，留下傩送二老在家。老船夫方面还以为上次歌声既归二老唱的，在此后几个日子里，自然还会听到那种歌声。一到了晚间就故意从别样事情上，促翠翠注意夜晚的歌声。两人吃完饭坐在屋里，因屋前滨水，长脚蚊子一到黄昏就嗡嗡的叫着，翠翠便把蒿艾束成的烟包点燃，向屋中角隅各处晃着驱逐蚊子。晃了一阵，估计全屋子里已为蒿艾烟气熏透了，方把烟包搁到床前地上去，再坐在小板凳上来听祖父说话。从一些故事上慢慢的谈到了唱歌，祖父话说得很妙。祖父到后发问道：

　　"翠翠，梦里的歌可以使你爬上高崖去摘虎耳草，若当真有谁来在对溪高崖上为你唱歌，你预备怎么样？"祖父把话当笑话说着的。

　　翠翠便也当笑话答道："有人唱歌我就听下去，他唱多久我也听多久！"

　　"唱三年六个月呢？"

　　"唱得好听，我听三年六个月。"

　　"这不大公平吧。"

　　"怎么不公平？为我唱歌的人，不是极愿意我长远听他唱歌吗？"

"照理说：炒菜要人吃，唱歌要人听。可是人家为你唱，是要你懂他歌里的意思！"

"爷爷，懂歌里什么意思？"

"自然是他那颗想同你要好的真心！不懂那点心事，不是同听竹雀唱歌一样吗？"

"我懂了他的心又怎么样？"

祖父用拳头把自己腿重重的捶着，且笑着："翠翠，你人乖，爷爷笨得很，话也说得不温柔，莫生气。我信口开河，说个笑话给你听。你应当当笑话听。河街天保大老走车路，请保山来提亲，我告给过你这件事了，你那神气不愿意，是不是？可是，假若那个人还有个兄弟，走马路，为你来唱歌，向你攀交情，你将怎么说？"

翠翠吃了一惊，低下头去。因为她不明白这笑话究竟有几分真，又不清楚这笑话是谁诌的。

祖父说："你试告我，愿意哪一个？"

翠翠便勉强微笑着轻轻的带点儿恳求的神气说：

"爷爷莫说这个笑话吧。"翠翠站起身了。

"我说的若是真话呢？"

"爷爷你真是个……"翠翠说着走出去了。

祖父说："我说的是笑话，你生我的气吗？"

翠翠不敢生祖父的气，走近门限边时，就把话引到另外一件事情上去："爷爷看天上的月亮，那么大！"说着，出了屋外，便在那一派清光的露天中站定。站了一忽儿，祖父也从屋中出到外边来了。翠翠于是坐到那白日里为强烈阳光晒热的岩石上去，石头正散发日间所储的余热。祖父就说：

"翠翠，莫坐热石头，免得生坐板疮。"

但自己用手摸摸后，自己也坐到那岩石上了。

月光极其柔和，溪面浮着一层薄薄白雾，这时节对溪若有人唱歌，隔溪应和，实在太美丽了。翠翠还记着先前祖父说的笑话。耳朵又不聋，祖父的话说得极分明，一个兄弟走马路，唱歌来打发这样的晚上，算是怎么回事？她似乎为了等着这样的歌声，沉默了许久。

她在月光下坐了一阵，心里却当真愿意听一个人来唱歌。久之，对溪除了一片草虫的清音复奏以外别无所有。翠翠走回家里去，在房门边摸着了那个芦管，拿出来在月光下自己吹着。觉吹得不好，又递给祖父要祖父吹。老船夫把那个芦管竖在嘴边，吹了个长长的曲子，翠翠的心被吹柔软了。

翠翠依傍祖父坐着，问祖父：

"爷爷，谁是第一个做这个小管子的人？"

"一定是个最快乐的人作的，因为他分给人的也是许多快乐；可又像是个最不快乐的人作的，因为他同时也可以引起人不快乐！"

"爷爷，你不快乐了吗？生我的气了吗？"

"我不生你的气。你在我身边，我很快乐。"

"我万一跑了呢？"

"你不会离开爷爷的。"

"万一有这种事，爷爷你怎么样？"

"万一有这种事，我就驾了这只渡船去找你。"

翠翠嗤的笑了。"凤滩茨滩不为凶，下面还有绕鸡笼；绕鸡笼也容易下，青浪滩浪如屋大。爷爷，你渡船也能下凤滩茨滩青浪滩吗？

那些地方的水，你不说过全是像疯子，毫不讲道理？"

祖父说："翠翠，我到那时可真像疯子，还怕大水大浪？"

翠翠俨然极认真的想了一下，就说："爷爷，我一定不走。可是，你会不会走？你会不会被一个人抓到别处去？"

祖父不作声了，他想到不犯王法不怕官，只有被死亡抓走那一类事情。

老船夫打量着自己被死亡抓走以后的情形，痴痴的看望天南角上一颗星子，心想："七月八月天上方有流星，人也会在七月八月死去吧？"又想起白日在河街上同大老谈话的经过，想起中寨人陪嫁的那座碾坊，想起二老，想起一大堆事情，心中有点儿乱。

翠翠忽然说："爷爷，你唱个歌给我听听，好不好？"

祖父唱了十个歌，翠翠傍在祖父身边，闭着眼睛听下去，等到祖父不作声时，翠翠自言自语说："我又摘了一把虎耳草了。"

祖父所唱的歌，原来便是那晚上听来的歌。

评　　点————————————————————————

我又摘了一把虎耳草了：这一句是比喻的说法，诗意的表达。宋代梅尧臣讲诗要"状难写之景，如在目前；含不尽之意，见于言外"，沈从文这句写翠翠梦境，真是如在目前，见于言外。

十六

二老有机会唱歌却从此不再到碧溪岨唱歌。十五过去了，十六也过去了，到了十七，老船夫忍不住了，进城往河街去找寻那个年青小伙子，到城门边正预备入河街时，就遇着上次为大老作保山的杨马兵，正牵了一匹骡马预备出城，一见老船夫，就拉住了他：

"伯伯，我正有事情告你，碰巧你就来城里！"

"什么事情？"

"天保大老坐下水船到茨滩出了事，闪不知这个人掉到滩下漩水里就淹坏了。早上顺顺家里得到这个信息，听说二老一早就赶去了。"

这个不吉消息同有力巴掌一样，重重的捆了老船夫那么一下，他不相信这是当真的消息。他故作从容的说：

"天保大老淹坏了吗？从不闻有水鸭子被水淹坏的！"

"可是那只水鸭子仍然有那么一次被淹坏了……我赞成你的卓见，不让那小子走车路十分顺手。"

从马兵言语上，老船夫还十分怀疑这个新闻，但从马兵神气上注意，老船夫却看清楚这是个真的消息了。他惨惨的说：

"我有什么卓见可说？这是天意！一切都有天意。……"老船夫说时心中充满了感情。

特为证明那马兵所说的话有多少可靠处，老船夫同马兵分手后，于是匆匆赶到河街上去。到了顺顺家门前，正有人烧纸钱，许多人围在一处说话。挽加进去听听，所说的便是杨马兵提到的那件事。但一到有人发现了身后的老船夫时，大家便把话语转了方向，故意来谈下河油价涨落情形了。老船夫心中很不安，正想找一个比较要好的水手谈谈。

一会船总顺顺从外面回来了，样子沉沉的，这豪爽正直的中年人，正似乎为不幸打倒，努力想挣扎爬起的神气，一见到老船夫就说：

"老伯伯，我们谈的那件事情吹了吧。天保大老已经坏了，你知道了吧？"

老船夫两只眼睛红红的，把手搓着："怎么的，这是真事！这不会是真事！是昨天，是前天？"

另一个像是赶路，回来报信的，便插嘴说道："十六中上，船搁到石包子上，船头进了水，大老想把篙撒着，人就弹到水中去了。"

老船夫说："你眼见他下水吗？"

"我还和他同时下水！"

"他说什么？"

"什么都来不及说！这几天来他都不说话！"

老船夫把头摇摇，向顺顺那么怯怯的瞄了一眼。船总顺顺像知道他心中不安处，就说："伯伯，一切是天，算了吧。我这里有大兴场人送来的好烧酒，你拿一点去喝吧。"一个伙计用竹筒子上了一筒酒，用新桐木叶蒙着筒口，交给了老船夫。

老船夫把酒拿走，到了河街后，低头向河码头走去，到河边天保大前天上船处去看看。杨马兵还在那里放马到沙地上打滚，自己坐在柳树荫下乘凉。老船夫就走过去请马兵试试那大兴场的烧酒，两人喝了点酒后，兴致似乎好些了，老船夫就告给杨马兵，十四夜里二老两兄弟过碧溪岨唱歌那件事情。

那马兵听到后便说：

"伯伯，你是不是以为翠翠愿意二老，应该派归二老……"

话不说完，傩送二老却从河街下来了。这年青人正像要远行的样子，一见了老船夫就回头走去。杨马兵喊他说："二老，二老，你来，我有话同你说呀！"

二老站定了，很不高兴神气，问马兵"有什么话说"。马兵望望老船夫，就向二老说："你来，有话说！"

"什么话？"

"我听人说你已经走了——你过来我同你说，我不会吃掉你！你什么时候走？"

那黑脸宽肩膊，样子虎虎有生气的傩送二老，勉强似的笑着，到了柳荫下时，老船夫想把空气缓和下来，指着河上游远处那座新碾坊说："二老，听人说那碾坊将来是归你的！归了你，派我来守碾子，行不行？"

二老仿佛听不惯这个询问的用意，便不作声。杨马兵看风头有点儿僵，便说："二老，你怎么的，预备下去吗？"那年青人把头点点，不再说什么，就走开了。

老船夫讨了个没趣，很懊恼的赶回碧溪岨去，到了渡船上时，就装作把事情看得极随便似的，告给翠翠：

"翠翠，今天城里出了件新鲜事情，天保大老驾油船下辰州，运气不好，掉到茨滩淹坏了。"

翠翠因为听不懂，对于这个报告最先好像全不在意。祖父又说：

"翠翠，这是真事。上次来到这里做保山的那个杨马兵，还说我早不答应亲事，极有见识！"

翠翠瞥了祖父一眼，见他眼睛红红的，知道他喝了酒，且有了点事情不高兴，心中想："谁撩你生气？"船到家边时，祖父不自然的笑着向家中走去。翠翠守船，半天不闻祖父声息，赶回家去看看，见祖父正坐在门槛上编草鞋耳子。

翠翠见祖父神气极不对，就蹲到他身前去。

"爷爷，你怎么的？"

"天保当真死了！二老生了我们的气，以为他家中出这件事情，是我们分派的！"

有人在溪边大喊渡船过渡，祖父匆匆出去了。翠翠坐在那屋角隅稻草上，心中极乱，等等还不见祖父回来，就哭起来了。

评　　点————————————————————————

大老的死是偶然，作者这里用偶然来推动情节，变化情调。文章最难的是转折变化。不转折，无变化，单调乏味。转折变化不自然，则味道不够醇正。《边城》转折利用偶然，显得自然。

十七

十七

祖父似乎生谁的气，脸上笑容减少了，对于翠翠方面也不大注意了。翠翠像知道祖父已不很疼她，但又像不明白它的真正原因。但这并不是很久的事，日子一过去，也就好了。两人仍然划船过日子，一切依旧，惟对于生活，却仿佛什么地方有了个看不见的缺口，始终无法填补起来。祖父过河街去仍然可以得到船总顺顺的款待，但很明显的事，那船总却并不忘掉死去者死亡的原因。二老出白河下辰州走了六百里，沿河找寻那个可怜哥哥的尸骸，毫无结果，在各处税关上贴下招字，返回茶峒来了。过不久，他又过川东去办货，过渡时见到老船夫。老船夫看看那小伙子，好像已完全忘掉了从前的事情，就同他说话。

"二老，大六月日头毒人，你又上川东去，不怕辛苦！"

"要饭吃，头上是火也得上路！"

"要吃饭！二老家还少饭吃！"

"有饭吃，爹爹说年青人也不应该在家中白吃不作事！"

"你爹爹好吗？"

"吃得做得，有什么不好。"

"你哥哥坏了，我看你爹爹为这件事情也好像萎悴多了！"

二老听到这句话，不作声了，眼睛望着老船夫屋后那个白塔。他似乎想起了过去那个晚上，那件旧事，心中十分惆怅。

老船夫怯怯的望了年青人一眼，一个微笑在脸上漾开。

"二老，我家里翠翠说，五月里有天晚上，做了个梦……"说时他又望望二老，见二老并不惊讶，也不厌烦，于是又接着说："她梦的古怪，说在梦中被一个人的歌声浮起来，上对溪悬岩摘了一把虎耳草！"

二老把头偏过一旁去作了一个苦笑，心中想到"老头子倒会做作"。这点意思在那个苦笑上，仿佛同样泄露出来，仍然被老船夫看到了，老船夫显得有点慌张，就说："二老，你不相信吗？"

那年青人说："我怎么不相信？因为我做傻子在那边岩上唱过一晚的歌！"

老船夫被一句料想不到的老实话窘住了，口中结结巴巴的说："这是真的……这是假的……"

"怎不是真的？天保大老的死，难道不是真的！"

"可是，可是……"

老船夫的做作处，原意只是想把事情弄明白一点，但一起始自己叙述这段事情时，方法上就有了错处，故反而被二老误会了。他这时正想把那夜的情形好好说出来，船已到了岸边。二老一跃上了岸，就想走去。老船夫在船上显得更加忙乱的样子说：

"二老，二老，你等等，我有话同你说，你先前不是说到那个——你做傻子的事情吗？你并不傻，别人方当真为你那歌弄成傻相！"

那年青人虽站定了，口中却轻轻的说："得了够了，不要说了。"

老船夫说："二老，我听说你不要碾子要渡船，这是杨马兵说的，不是真的打算吧？"

那年青人说："要渡船又怎样？"

老船夫看看二老的神气，心中忽然高兴起来了，就情不自禁的高声叫着翠翠，要她下溪边来。可是事不凑巧，不知翠翠是故意不从屋里出来，还是到别处去了，许久还不见到翠翠的影子，也不闻这个女孩子的声音。二老等了一会看看老船夫那副神气，一句不说，便微笑着，大踏步同一个挑担粉条白糖货物的脚夫走去了。

过了碧溪岨小山，两人应沿着一条曲曲折折的竹林走去，那个脚夫这时节开了口：

"傩送二老，看那弄渡船的神气，很欢喜你！"

二老不作声，那人就又说道：

"二老，他问你要碾坊还是要渡船，你当真预备作他的孙女婿，接替他那只破渡船吗？"

二老笑了。那人又说：

"二老若这件事派给我，我要那座碾坊。一座碾坊的出息，每天可收七升米，三斗糠。"

二老说："我回来时和我爹爹去说，为你向中寨人做媒，让你得到那座碾坊吧。至于我呢，我想弄渡船是很好的。只是老的为人弯弯曲曲，不利索，大老是他弄死的。"

老船夫见二老那么走去了，翠翠还不出来，心中很不快乐。走回家中看看，原来翠翠并不在家。过一会，翠翠提了个篮子从小山后回来，方知道大清早翠翠已出门掘竹鞭笋去了。

"翠翠，我喊了你好久，你不听到！"

"做什么喊我？"

"一个人过渡……一个熟人，我们谈起你……我喊你你可不答应！"

"是谁？"

"你猜，翠翠。不是陌生人……你认识他！"

翠翠想起适间从竹林里无意中听来的话，脸红了，半天不说话。

老船夫问："翠翠，你得了多少鞭笋？"

翠翠把竹篮向地下一倒，除了十来根小小鞭笋外，只是一大把虎耳草。

老船夫望了翠翠一眼，翠翠两颊绯红跑了。

评　　点————————————————————————

只是老的为人弯弯曲曲：作者也许在这里借人物表达了自己对于为人处世风格的某种情感倾向。

十八

日子平平的过了一个月，一切人心上的病痛，似乎皆在那么份长长的白日下医治好了。天气特别热，各人皆只忙着流汗，用凉水淘江米酒吃，不用什么心事，心事在人生活中，也就留不住了。翠翠每天皆到白塔下背太阳的一面去午睡，高处既极凉快，两山竹篁里叫得使人发松的竹雀，与其他鸟类，又如此之多，致使她在睡梦里尽为山鸟歌声所浮着，做的梦也便常是顶荒唐的梦。

这并不是人生罪过。诗人们会在一件小事上写出一整本整部的诗，雕刻家在一块石头上雕得出的骨血如生的人像，画家一撒儿绿，一撒儿红，一撒儿灰，画得出一幅一幅带有魔力的彩画，谁不是为了惦着一个微笑的影子，或是一个皱眉的记号，方弄出那么些古怪成绩？翠翠不能用文字，不能用石头，不能用颜色，把那点心头上的爱憎移到别一件东西上去，却只让她的心，在一切顶荒唐事情上驰骋。她从这分隐秘里，便常常得到又惊又喜的兴奋。一点儿不可知的未来，摇撼她的情感极厉害，她无从完全把那种痴处不让祖父知道。

祖父呢，可以说一切都知道了的。但事实上他又却是个一无所知的人。他明白翠翠不讨厌那个二老，却不明白那小伙子二老近来怎么样。他从船总处与二老处，皆碰过了钉子，但他并不灰心。

"要安排得对一点，方合道理，一切有个命！"他那么想着，就更显得好事多磨起来了。睁着眼睛时，他做的梦比那个外孙女翠翠便更荒唐更寥阔。

他向各个过渡本地人打听二老父子的生活，关切他们如同自己家中人一样。但也古怪，因此他却怕见到那个船总同二老了。一见他们他就不知说些什么，只是老脾气把两只手搓来搓去，从容处完全失去了。二老父子方面皆明白他的意思，但那个死去的人，却用一个凄凉的印象，镶嵌到父子心中，两人便对于老船夫的意思，俨然全不明白似的，一同把日子打发下去。

明明白白夜来并不作梦，早晨同翠翠说话时，那作祖父的会说：

"翠翠，翠翠，我昨晚上做了个好不怕人的梦！"

翠翠问："什么怕人的梦？"

就装作思索梦境似的，一面细看翠翠小脸长眉毛，一面说出他另一时张着眼睛所做的好梦。不消说，那些梦原来都并不是当真怎样使人吓怕的。

一切河流皆得归海，话起始说得纵极远，到头来总仍然是归到使翠翠红脸那件事情上去。待到翠翠显得不大高兴，神气上露出受了点小窘时，这老船夫又才像有了一点儿吓怕，忙着解释，用闲话来遮掩自己所说到那问题的原意。

"翠翠，我不是那么说，我不是那么说。爷爷老了，糊涂了，笑话多咧。"

但有时翠翠却静静的把祖父那些笑话糊涂话听下去，一直听到后来还抿着嘴儿微笑。

翠翠也会忽然说道:

"爷爷,你真是有一点儿糊涂!"

祖父听过了不再作声,他将说"我有一大堆心事",但来不及说,恰好就被过渡人喊走了。

天气热了,过渡人从远处走来,肩上挑得是七十斤担子,到了溪边,贪凉快不即走路,必蹲在岩石下茶缸边喝凉茶,与同伴交换"吹吹棒"烟管,且一面与弄渡船的攀谈。许多天上地下子虚乌有的话皆从此说出口来,给老船夫听到了。过渡人有时还因溪水清洁,就溪边洗脚抹澡的,坐得更久话也就更多。祖父把些话转说给翠翠,翠翠也就学懂了许多事情。货物的价钱涨落呀,坐轿搭船的用费呀,放木筏的人把他那个木筏从滩上流下时,十来把大招子如何活动呀,在小烟船上吃荤烟,大脚婆娘如何烧烟呀……无一不备。

傩送二老从川东押物回到了茶峒。时间已近黄昏了,溪面很寂静,祖父同翠翠在菜园地里看萝卜秧子。翠翠白日中觉睡久了些,觉得有点寂寞,好像听人嘶声喊过渡,就争先走下溪边去。下坎时,见两个人站在码头边,斜阳影里背身看得极分明,正是傩送二老同他家中的长年!翠翠大吃一惊,同小兽物见到猎人一样,回头便向山竹林里跑掉了。但那两个在溪边的人,听到脚步响时,一转身,也就看明白这件事情了。等了一下再也不见人来,那长年又嘶声音喊叫过渡。

老船夫听得清清楚楚,却仍然蹲在萝卜秧地上数菜,心里觉得好笑。他已见到翠翠走去,他知道必是翠翠看明白了过渡人是谁,故意蹲在那高岩上不理会。翠翠人小不管事,过渡人求她不干,奈何她不得,故只好嘶着个喉咙叫过渡了。那长年叫了几声,见没有人来,就停了,同二老说:"这是什么玩意儿,难道老的害病弄翻了,只剩翠翠一个人了吗？"二老说："等等看，不算什么！"就等了一阵。因为这边在静静的等着，园地上老船夫却在心里说："难道是二老吗？"他仿佛担心搅恼了翠翠似的，就仍然蹲着不动。

但再过一阵，溪边又喊起过渡来了，声音不同了一点，这才真是二老的声音。生气了吧？等久了吧？吵嘴了吧？老船夫一面胡乱估着，一面连奔带窜跑到溪边去。到了溪边，见两个人业已上了船，其中之一正是二老。老船夫惊讶的喊叫：

"呀，二老，你回来了！"

年青人很不高兴似的："回来了。——你们这渡船是怎么的，等了半天也不来个人！"

"我以为——"老船夫四处一望，并不见翠翠的影子，只见黄狗从山上竹林里跑来，知道翠翠上山了，便改口说："我以为你们过了渡。"

"过了渡！不得你上船，谁敢开船？"那长年说着，一只水鸟掠着水面飞去，"翠鸟儿归窠了，我们还得赶回家去吃夜饭！"

"早咧，到河街早咧，"说着，老船夫已跳上了船，且在心中一面说着，"你不是想承继这只渡船吗！"一面把船索拉动，船便离岸了。

"二老，路上累得很！……"

老船夫说着，二老不置可否不动感情听下去。船拢了岸，那年青小伙子同家中长年话也不说挑担子翻山走了。那点淡漠印象留在老船夫心上，老船夫于是在两个人身后，捏紧拳头威吓了三下，轻轻的吼着，把船拉回去了。

评　　点——

　　诗人们会在一件小事上写出一整本整部的诗：这段话暗示了《边城》写作的机缘。沈从文创作这部小说，也是因为生活里"一件小事""一个微笑"。

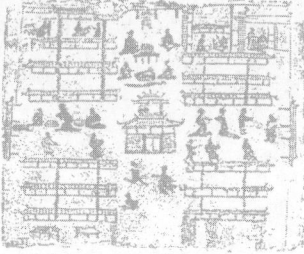

十九

十九

　　翠翠向竹林里跑去，老船夫半天还不下船，这件事从傩送二老看来，前途显然有点不利。虽老船夫言词之间，无一句话不在说明"这事有边"，但那畏畏缩缩的说明，极不得体，二老想起他的哥哥，便把这件事曲解了。他有一点愤愤不平，有一点儿气恼。回到家里第三天，中寨有人来探口风，在河街顺顺家中住下，把话问及顺顺，想明白二老的心中，是不是还有意接受那座新碾坊，顺顺就转问二老自己意见怎么样。

　　二老说："爸爸，你以为这事为你，家中多座碾坊多个人，你可以快活，你就答应了。若果为的是我，我要好好去想一下，过些日子再说它吧。我尚不知道我应当得座碾坊，还应当得一只渡船；因为我命里或只许我撑个渡船！"

　　探口风的人把话记住，回中寨去报命。到碧溪岨过渡时，见到了老船夫，想起二老说的话，不由得不眯眯的笑着。老船夫问明白了他是中寨人，就又问他上城作些什么事。

　　那心中有分寸的中寨人说：

　　"什么事也不作，只是过河街船总顺顺家里坐了一会儿。"

　　"无事不登三宝殿，坐了一定就有话说！"

"话倒说了几句。"

"说了些什么话？"那人不再说了。老船夫却问道："听说你们中寨人想把河边一座碾坊连同家中闺女送给河街上顺顺，这事情有不有了点眉目？"

那中寨人笑了。"事情成了。我问过顺顺，顺顺很愿意和中寨人结亲家，又问过那小伙子……"

"小伙子意思怎么样？"

"他说：'我眼前有座碾坊，有条渡船，我本想要渡船，现在就决定要碾坊吧。'渡船是活动的，不如碾坊固定，这小子会打算盘呢。"

中寨人是个米场经纪人，话说得极有斤两，他明知道"渡船"指的是什么意思，但他可并不说穿。他看到老船夫口唇蠕动，想要说话，中寨人便又抢着说道：

"一切皆是命，半点不由人。可怜顺顺家那个大老，相貌一表堂堂，会淹死在水里！"

老船夫被这句话在心上戳了一下，把想问的话咽住了。中寨人上岸走去后，老船夫闷闷的立在船头，痴了许久。又把二老日前过渡时落漠神气温习一番，心中大不快乐。

翠翠在塔下玩得极高兴，走到溪边高岩上想要祖父唱唱歌，见祖父不理会她，一路埋怨赶下溪边去。到了溪边方见到祖父神气十分沮丧，可不明白为什么原因。翠翠来了，祖父看看翠翠的快活黑脸儿，粗卤的笑笑。对溪有扛货物过渡的，便不说什么，沉默的把船拉过溪南，到了中心却大声唱起歌来了。把人渡了过溪，祖父跳上码头走近翠翠身边来，还是那么粗卤的笑着，把手抚着头额。

翠翠说：

"爷爷怎么的，你发痧了？你躺到荫下去歇歇，我来管船！"

"你来管船，好的妙的，这只船归你管！"

老船夫似乎当真发了痧，心头发闷，虽当着翠翠还显出硬扎样子，独自走回屋里后，找寻得到一些碎瓷片，在自己臂上腿上扎了几下，放出了些乌血，就躺在床上睡了。

翠翠自己守船，心中却古怪的快乐高兴，心想："爷爷不为我唱歌，我自己会唱！"

她唱了许多歌，老船夫躺在床上闭着眼睛，一句一句听下去，心中极乱。但他知道这不是能够把他打倒的大病，到明天就仍然会爬起来的。他想明天进城，到河街去看看，又想起另外许多旁的事情。

但到了第二天，人虽起了床，头还沉沉的。祖父当真已病了。翠翠显得懂事了些，为祖父煎了一罐大发药，逼着祖父喝，又觅过屋后菜园地里摘取蒜苗泡在米汤里作酸蒜苗。一面照料船只，一面还时时刻刻抽空赶回家里来看祖父，问这样那样。祖父可不说什么，只是为一个秘密痛苦着。躺了三天，人居然好了。屋前屋后走动了一下，骨头还硬硬的，心中惦念到一件事情，便预备进城过河街去。翠翠看不出祖父有什么要紧事情，必须当天入城，请求他莫去。

老船夫把手搓着，估量到是不是应说出那个理由。在面前，翠翠一张黑黑的瓜子脸，一双水汪汪的眼睛，使他吁了一口气。

他说："我有要紧事情，得今天去！"

翠翠苦笑着说："有多大要紧事情，还不是……"

老船夫知道翠翠脾气，听翠翠口气已有点不高兴，不再说要走了，把预备带走的竹筒，同扣花裤褴搁到长几上后，带点儿谄媚笑着说："不去吧，你担心我会把自己摔死，我就不去吧。我以为天气早上不很热，到城里把事办完了就回来——不去也得，我明天去！"

翠翠轻声的温柔的说："你明天去也好，你腿还软！好好的躺一天再起来。"

老船夫似乎心中还不甘服，撒着两手走出去，在门限边一个打草鞋的棒槌，差点儿把他绊了一大跤。稳住了时翠翠苦笑着说："爷爷，你瞧，还不服气！"老船夫拾起那棒槌，向屋角隅摔去，说道："爷爷老了！过几天打豹子给你看！"

到了午后，落了一阵行雨，老船夫却同翠翠好好商量，仍然进了城。翠翠不能陪祖父进城，就要黄狗跟去。老船夫在城里被一个熟人拉着谈了许久盐价米价，又过守备衙门看了一会厘金局长新买的骡马，方到河街顺顺家里去。到了那里，见到顺顺正同三个人打纸牌，不便谈话，就站在身后看了一阵牌。后来顺顺请他喝酒，借口病刚好点不敢喝酒，推辞了。牌既不散场，老船夫又不想即走，顺顺似乎并不明白他等着有何话说，却只注意手中的牌。后来老船夫的神气倒为另外一个人看出了，就问他是不是有什么事情。老船夫方扭扭怩怩照老方子搓着他那两只大手，说别的事没有，只想同船总说两句话。

那船总方明白在身后看牌半天的理由，回头对老船夫笑将起来。

"怎不早说？你不说，我还以为你在看我牌学张子。"

"没有什么，只是三五句话，我不便扫兴，不敢说出。"

船总把牌向桌上一撒，笑着向后房走去了，老船夫跟在身后。

"什么事？"船总问着，神气似乎先就明白了他来此要说的话，显得略微有点儿怜悯的样子。

"我听一个中寨人说你预备同中寨团总打亲家，是不是真事？"

船总见老船夫的眼睛盯着他的脸，想得一个满意的回答，就说："有这事情。"那么答应，意思却是："有了你怎么样？"

老船夫说："真的吗？"

那一个又很自然的说："真的。"意思却依旧包含了"真的又怎么样？"一个疑问。

老船夫装得很从容的问："二老呢？"

船总说："二老坐船下桃源好些日子了！"

二老下桃源的事，原来还同他爸爸吵了一阵方走的。船总性情虽异常豪爽，可不愿意间接把第一个儿子弄死的女孩子，又来作第二个儿子的媳妇，这是很明白的事情。若照当地风气，这些事认为只是小孩子的事，大人管不着，二老当真欢喜翠翠，翠翠又爱二老，他也并不反对这种爱怨纠缠的婚姻。但不知怎么的，老船夫对于这件事情的关心处，使二老父子对于老船夫反而有了一点误会。船总想起家庭间的近事，以为全与这老而好事的船夫有关，虽不见诸形色，心中却有个疙瘩。

船总不让老船夫再开口了，就语气略粗的说道：

"伯伯，算了吧，我们的口只应当喝酒了，莫再只想替儿女唱歌！你的意思我全明白，你是好意。可是我也求你明白我的意思，我以为我们只应当谈点自己分上的事情，不适宜于想那些年青人的门路了。"

老船夫被一个闷拳打倒后，还想说两句话，但船总却不让他再有说话的机会，把他拉出到牌桌边去。

老船夫无话可说，看看船总时，船总虽还笑着谈到许多笑话，心中却似乎很沉郁，把牌用力掷到桌上去。老船夫不说什么，戴起他那个斗笠，自己走了。

天气还早，老船夫心中很不高兴，又进城去找杨马兵。那马兵正在喝酒，老船夫虽推病，也免不了喝个三五杯。回到碧溪岨，走得热了一点，又用溪水去抹身子。觉得很疲倦，就要翠翠守船，自己回家睡去了。

黄昏时天气十分郁闷，溪面各处飞着红蜻蜓。天上已起了云，热风把两山竹篁吹得声音极大，看样子到晚上必落大雨。翠翠守在渡船上，看着那些溪面飞来飞去的蜻蜓，心也极乱。看祖父脸上颜色惨惨的，放心不下，便又赶回家中去。先以为祖父一定早睡了，谁知还坐在门限上打草鞋！

"爷爷，你要多少双草鞋，床头上不是还有十四双吗？怎么不好好的躺一躺？"

老船夫不作声，却站起身来昂头向天空望着，轻轻的说："翠翠，今晚上要落大雨响大雷的！回头把我们的船系到岩下去，这雨大哩。"

翠翠说："爷爷，我真吓怕！"翠翠怕的似乎并不是晚上要来的雷雨。

老船夫似乎也懂得那个意思，就说："怕什么？一切要来的都得来，不必怕！"

评　点————————————————————————————

"怕什么？一切要来的都得来，不必怕！"：这是老船夫在书中的最后的话，可以视为他的遗嘱。早在1918年，鲁迅发表他翻译的有岛武郎的《与幼小者》，结尾说："在无畏者的面前就有路。"

二十

夜间果然落了大雨，挟以吓人的雷声。电光从屋脊上掠过时，接着就是訇的一个炸雷。翠翠在暗中抖着。祖父也醒了，知道她害怕，且担心她招凉，还起身来把一条布单搭到她身上去。祖父说：

"翠翠，不要怕！"

翠翠说："我不怕！"说了还想说："爷爷你在这里我不怕！"

訇的一个大雷，接着是一种超越雨声而上的洪大闷重倾圮声。两人皆以为一定是溪岸悬崖崩落了！担心到那只渡船，会早已压在崖石下面去了。

祖孙两人便默默的躺在床上听雨声雷声。

但无论如何大雨，过不久，翠翠却依然就睡着了。醒来时天已亮了，雨不知在何时业已止息，只听到溪两岸山沟里注水入溪的声音。翠翠爬起身来，看看祖父还似乎睡得很好，开了门走出去，门前已成为一个水沟，一股浊流便从塔后哗哗的流来，从前面悬崖直堕而下。并且各处皆是那么一种临时的水道。屋旁菜园地已为山水冲乱了，菜秧皆掩在粗砂泥里了。再走过前面去看看溪里一切，才知道溪中也涨了大水，已漫过了码头，水脚快到茶缸边了。下到码头去的那条路，

122

正同一条小河一样，哗哗的泄着黄泥水。过渡的那一条横溪牵定的缆绳，也被水淹去了。泊在崖下的渡船，已不见了。

翠翠看看屋前悬崖并不崩坍，故当时还不注意渡船的失去。但再过一阵，她上下搜索不到这东西，无意中回头一看，屋后白塔已不见了。一惊非同小可，赶忙向屋后跑去，才知道白塔业已坍倒，大堆砖石极凌乱的摊在那儿。翠翠吓慌得不知所措，只锐声叫她的祖父。祖父不起身，也不答应，就赶回家里去，到得祖父床边摇了祖父许久，祖父还不作声。原来这个老年人在雷雨将息时已死去了。

翠翠于是大哭起来。

过一阵，有从茶峒过川东跑差事的人，到了溪边，隔溪喊过渡，翠翠正在灶边一面哭着一面烧水预备为死去的祖父抹澡。

那人以为老船夫一家还不醒，急于过河，喊叫不应，就抛掷小石头过溪，打到屋顶上。翠翠鼻涕眼泪成一片的走出来，跑到溪边高崖前站定。

"喂，不早了！把船划过来！"

"船跑了！"

"你爷爷做什么事情去了呢？他管船，有责任！"

"他管船，管了五十年的船——他死了啊！"

翠翠一面向隔溪人说着一面大哭起来。那人知道老船夫死了，得进城去报信，就说：

"真死了吗？不要哭吧，我回城去告他们，要他们弄条船带东西来！"

那人回到茶峒城边时，一见熟人就报告这件事，不多久，全茶峒城里外都知道这个消息了。河街上船总顺顺，派人找了一只空船，带了副白木匣子，即刻向碧溪岨撑去。城中杨马兵却同一个老军人，赶到碧溪岨去了，砍了几十根大毛竹，用葛藤编作筏子，作为来往过渡的临时渡船。筏子编好后，撑了那个东西，到翠翠家中那一边岸下，留老兵守竹筏来往渡人，自己跑到翠翠家去看那个死者，眼泪湿莹莹的，摸了一会躺在床上硬僵僵的老友，又赶忙着做些应做的事情。到后帮忙的人来了，从大河船上运来棺木也来了，住在城中的老道士，还带了许多法器，一件旧麻布道袍，并提了一只大公鸡，来尽义务办理念经起水诸事，也从筏上渡过来了。家中人出出进进，翠翠只坐在灶边矮凳上呜呜的哭着。

到了中午，船总顺顺也来了，还跟着一个人扛了一口袋米，一坛酒，大腿猪肉。见了翠翠就说：

"翠翠，爷爷死了我知道了，老年人是必需死的，不要发愁，一切有我！"

各方面看看，就回去了。到了下午入了殓，一些帮忙的回的回家去了，晚上便只剩下了那老道士、杨马兵同顺顺家派来的两个年青长年。黄昏以前老道士用红绿纸剪了一些花朵，用黄泥作了一些烛台。天断黑后，棺木前小桌上点起黄色九品蜡，燃了香，棺木周围也点了小蜡烛，老道士披上那件蓝麻布道袍，开始了丧事中绕棺仪式。老道士在前拿着个小小纸幡引路，孝子第二，马兵殿后，绕着那具寂寞棺木慢慢转着圈子。两个长年则站在灶边空处，胡乱的打着锣钹。老道士一面闭了眼睛走去，一面且唱且哼，安慰亡灵。提到关于亡魂所到西方极乐世界花香四季时，老马兵就把木盘里的纸花，向棺木上高高撒去，象征这个西方极乐世界情形。

到了半夜，事情办完了，放过爆竹，蜡烛也快熄灭了，翠翠眼泪婆婆的，赶忙又到灶边去烧火，为帮忙的人办消夜。吃了消夜，老道士歪到死人床上睡着了。剩下几个人还得照规矩在棺木前守夜，老马兵为大家唱丧堂歌取乐，用个空的量米木升子，当作小鼓，把手剥剥剥的一面敲着升底一面唱下去——唱王祥卧冰的事情，唱黄香扇枕的事情。

翠翠哭了一整天，也同时忙了一整天，到这时已倦极，把头靠在棺前迷着了，两个长年同马兵吃了消夜，喝过两杯酒，精神还虎虎的，便轮流把丧堂歌唱下去。但只一会儿，翠翠又醒了，仿佛梦到什么，惊醒后明白祖父已死，于是又幽幽的干哭起来。

"翠翠，翠翠，不要哭啦，人死了哭不回来的！"

老马兵接着就说了一个做新嫁娘的人哭泣的笑话，话语中夹杂了三五个粗野字眼儿，因此引起两个长年咕咕的笑了许久。黄狗在屋外吠着，翠翠开了大门，到外面去站了一会，耳听到各处是虫声，天上月色极好，大星子嵌进透蓝天空里，非常沉静温柔。翠翠想：

"这是真事吗？爷爷当真死了吗？"

老马兵原来跟在她的后边，因为他知道女孩子心门儿窄，说不定一炉火闷在灰里，痕迹不露，见祖父去了，自己一切皆已无望，跳崖悬梁，想跟着祖父一块儿去，也说不定！故随时小心监视到翠翠。

老马兵见翠翠痴痴的站着，时间过了许久还不回头，就打着咳叫翠翠说：

"翠翠，露水落了，不冷么？"

"不冷。"

"天气好得很！"

"呀……"一颗大流星使翠翠轻轻的喊了一声。

接着南方又是一颗流星划空而下。对溪有猫头鹰叫。

"翠翠，"老马兵业已同翠翠并排一块儿站定了，很温和的说，"你进屋里睡去吧，不要胡思乱想！"

翠翠默默的回到祖父棺木前，坐在地上又呜咽起来。守在屋中两个长年已睡着了。

那一个马兵便幽幽的说道："不要哭了！不要哭了！你爷爷也难过咧。眼睛哭胀喉咙哭嘶有什么好处。听我说，爷爷的心事我全都知道，一切有我。我会把一切安排得好好的，对得起你爷爷。我会安排，什么事都会。我要一个爷爷欢喜你也欢喜的人来接收这渡船！不能如我们的意，我老虽老，还能拿镰刀同他们拼命。翠翠，你放心，一切有我！……"

远处不知什么地方鸡叫了，老道士在那边床上胡胡涂涂的自言自语："天亮了吗？早咧！"

评　　点————————————————————————————

老船夫为什么死？从作品看，这个死，不是写实的，因为事实上不足以让我们觉得他会死。那么，这个是写意。意义何在？老的会死的，合乎生命的自然规律，这是沈从文《边城》里一再说到的天命。但是我们隐隐感到，老人的死，是死于羞愧。《人是可能死于羞愧的》是当代中国学者萌萌的书名，书名来自她看过的外国电影的一句台词。这句台词，可以看作《边城》老船夫之死的潜台词。

二十一

大清早，帮忙的人从城里拿了绳索杠子赶来了。

老船夫的白木小棺材，为六个人抬着到那个倾圮了的塔后山岨上去埋葬时，船总顺顺，马兵，翠翠，老道士，黄狗，皆跟在后面。到了预先掘就的方阱边，老道士照规矩先跳下去，把一点朱砂颗粒同白米，安置到阱中四隅及中央，又烧了一点纸钱，爬出阱时就要抬棺木的人动手下窆。翠翠哑着喉咙干号，伏在棺木上不起身。经马兵用力把她拉开，方能移动棺木。一会儿，那棺木便下了阱，拉去了绳子，调整了方向，被新土掩盖了，翠翠还坐在地上呜咽。老道士要赶早回城，去替人做斋，过渡走了。船总事多，把这方面一切事托付给老马兵，也赶回城去了。帮忙的皆到溪边去洗手，家中各人还有各人的事，且知道这家人的情形，不便再叨扰，也不再惊动主人，过渡回家去了。于是碧溪岨便只剩下三个人，一个是翠翠，一个是老马兵，一个是由船总家派来暂时帮忙照料渡船的秃头陈四四。黄狗因为被那秃头打了一石头，怀恨在心，对于那秃头仿佛很不高兴，尽是轻轻的吠着。

到了下午，翠翠同老马兵商量，要老马兵回城去把马托给营里人照料，再回碧溪岨来陪她。老马兵回转碧溪岨时，秃头陈四四被打发回城去了。

翠翠仍然自己同黄狗来弄渡船，让老马兵坐在溪岸高崖上玩，或嘶着个老喉咙唱歌给她听。

过三天后船总来商量接翠翠过家里去住，翠翠却想看守祖父的坟山，不愿即刻进城。只请船总过城里衙门去为说句话，许杨马兵暂时同她住住，船总顺顺答应了这件事，就走了。

杨马兵既是个上五十岁了的人，说故事的本领比翠翠祖父高一筹，加之凡事特别关心，做事又勤快又干净，因此同翠翠住下来，使翠翠仿佛去了一个祖父，却新得了一个伯父。过渡时有人问及可怜的祖父，黄昏时想起祖父，皆使翠翠心酸，觉得十分凄凉。但这分凄凉日子过久一点，也就渐渐淡薄些了。两人每日在黄昏中同晚上，坐在门前溪边高崖上，谈点那个躺在湿土里可怜祖父的旧事，有许多是翠翠先前所不知道的，说来便更使翠翠心中柔和。又说到翠翠的父亲，那个又要爱情又惜名誉的军人，在当时按照绿营军勇的装束，如何使女孩子动心。又说到翠翠的母亲，如何善于唱歌，而且所唱的那些歌在当时如何流行。

时候变了，一切也自然不同了，皇帝已不再坐江山，平常人还消说！杨马兵想起自己年青作马夫时，牵了马匹到碧溪岨来对翠翠母亲唱歌，翠翠母亲不理会，到如今自己却成为这孤雏的唯一靠山唯一信托人，不由得不苦笑。

因为两人每个黄昏必谈祖父，以及这一家有关系的事情，后来便说到了老船夫死前的一切，翠翠因此明白了祖父活时所不提到的许多事。二老的唱歌，顺顺大儿子的死，顺顺父子对于祖父的冷淡，中寨人用碾坊作陪嫁妆奁，诱惑傩送二老，二老既记忆着哥哥的死亡，且因得不到翠翠理会，又被家中逼着接受那座碾坊，意思还在渡船，因此抖气下行，祖父的死因，又如何与翠翠有关……凡是翠翠不明白的事，如今可全明白了。翠翠把事弄明白后，哭了一个夜晚。

过了四七，船总顺顺派人来请马兵进城去，商量把翠翠接到他家中去，作为二老的媳妇。但二老人既在辰州，先就莫提这件事，且搬过河街去住，等二老回来时再看看二老意思。马兵以为这件事得问翠翠。回来时，把顺顺的意思向翠翠说过后，又为翠翠出主张，以为名分既不定妥，到一个生人家里去不好，还是不如在碧溪岨等，等到二老驾船回来时，再看二老意思。

这办法决定后，老马兵以为二老不久必可回来的，就依然把马匹托营上人照料，在碧溪岨为翠翠作伴，把一个一个日子过下去。

碧溪岨的白塔，与茶峒风水有关，塔圮坍了，不重新作一个自然不成。除了城中营管、税局以及各商号各平民捐了些钱以外，各大寨子也有人拿册子去捐钱。为了这塔成就并不是给谁一个人的好处，应尽每个人来积德造福，尽每个人皆有捐钱的机会，因此在渡船上也放了个两头有节的大竹筒，中部锯了一口，尽过渡人自由把钱投进去，竹筒满了马兵就捎进城中首事人处去，另外又带了个竹筒回来。过渡人一看老船夫不见了，翠翠辫子上扎了白线，就明白那老的已作完了自己分上的工作，安安静静躺到土坑里给小蛆吃掉了，必一面用同情的眼色瞧着翠翠，一面就摸出钱来塞到竹筒中去。"天保佑你，死了的到西方去，活下的永保平安。"翠翠明白那些捐钱人的怜悯与同情意思，心里酸酸的，忙把身子背过去拉船。

可是到了冬天，那个圮坍了的白塔，又重新修好了。那个在月下唱歌，使翠翠在睡梦里为歌声把灵魂轻轻浮起的年青人还不曾回到茶峒来。

…………

这个人也许永远不回来了，也许"明天"回来！

评　　点————————————————————————

这个人也许永远不回来了，也许"明天"回来：最后的结尾，让我们想到《春江花月夜》的结尾，"不知乘月几人归，落月摇情满江树"，也是情人的离别等待，不过，《边城》的情调比较乐观，比较朝气。另外，我们还联想到莎士比亚的著名台词："生存，还是死亡，这是一个问题。"《边城》的结尾，有一个远方的人，一个未来的时间，是一个开放的空间，其行文也是新文学对外开放的果实。

（根据开明书店1943年改订本排印。评点文字由本书责编撰写，正文配图汉画像由责编选编。）

边城词话

《边城》题记

对于农人与兵士，怀了不可言说的温爱，这点感情在我一切作品中，随处都可以看出。我从不隐讳这点感情。我生长于作品中所写到的那类小乡城，我的祖父，父亲，以及兄弟，全列身军籍；死去的莫不在职务上死去，不死的也必然的将在职务上终其一生。就我所接触的世界一面，来叙述他们的爱憎与哀乐，即或这枝笔如何笨拙，或尚不至于离题太远。因为他们是正直的，诚实的，生活有些方面极其伟大，有些方面又极其平凡，性情有些方面极其美丽，有些方面又极其琐碎，——我动手写他们时，为了使其更有人性，更近人情，自然便老老实实的写下去。但因此一来，这作品或者便不免成为一种无益之业了。因为它对于在都市中生长教育的读书人说来，似乎相去太远了。他们的需要应当是另外一种作品，我知道的。

照目前风气说来，文学理论家，批评家，及大多数读者，对于这种作品是极容易引起不愉快的感情的。前者表示"不落伍"，告给人中国不需要这类作品，后者"太担心落伍"，目前也不愿意读这类作品。这自然是真事。"落伍"是什么？一个有点理性的人，也许就永远无法明白，但多数人谁不害怕"落伍"？我有句话想说："我这本书不是为这种多数人而写的。"大凡念了三五本关于文学理论文学批评问题的洋装书籍，或同时还念过一大堆古典与近代世界名作的人，他们生活的经验，却常常不许可他们在"博学"之外，还知道一点点中国另外一个地方另外一种事情。因此这个作品即或与当前某种文学理论相符合，批评家便加以各种赞美，这种批评其实仍然不免成为作者的侮辱。他们既并不想明白这个民族真正的爱憎与哀乐，便无法说明这个作品的得失，——这本书不是为他们而写。至于文艺爱好者呢，或是大学生，或是中学生，分布于国内人口较密的都市中，常常很诚实天真的把一部分极可宝贵的时间，来阅读国内新近出版的文学书籍。他们为一些理论家，批评家，聪明出版家，以及习惯于说谎造谣的文坛消息家，同力协作造成一种习气所控制，所支配，他们的生活，同时又实在与这个作品所提到的世界相去太远了。——他们不需要这种作品，这本书也就并不希望得到他们。理论家有各国出版物中的文学理论可以参证，不愁无话可说；批评家有他们欠了点儿小恩小怨的作家与作品，够他们去毁誉一世。大多数的读者，不问趣味如何，信仰如何，皆有作品可读。正因为关心读者大众，不是便有许多人，据说为读者大众，永远如陀螺在那里转变吗？这本书的出版，即或并不为领导多数的理论家与批评家所弃，被领导的多数读者又并不完全放弃它，但本书作者，却早已存心把这个"多数"放弃了。

我这本书只预备给一些"本身已离开了学校，或始终就无从接近学校，还认识些中国文字，置身于文学理论，文学批评，以及说谎造谣消息所达不到的那种职务上，在那个社会里生活，而且极关心全个民族在空间与时间下所有的好处与坏处"的人去看。他们真知道当前农村是什么，想知道过去农村有什么，他们必也愿意从这本书上同时还知道点世界一小角隅的农村与军人。我所写到的世界，即或在他们全然是一个陌生的世界，然而他们的宽容，他们向一本书去求取安慰与知识的热忱，却一定使他们能够把这本书很从容读下去的。我并不即此而止，还预备给他们一种对照的机会，将在另外一个作品里，来提到二十年来的内战，使一些首当其冲的农民，性格灵魂被大力所压，失去了原来的朴质，勤俭，和平，正直的型范以后，成了一个什么样子的新东西。他们受横征暴敛以及鸦片烟的毒害，变成了如何穷困与懒惰！我将把这个民族为历史所带走向一个不可知的命运中前进时，一些小人物在变动中的忧患，与由于营养不足所产生的"活下去"以及"怎样活下去"的观念和欲望，来作朴素的叙述。我的读者应是有理性，而这点理性便基于对中国现社会变动有所关心，认识这个民族的过去伟大处与目前堕落处，各在那里很寂寞的从事于民族复兴大业的人。这作品或者只能给他们一点怀古的幽情，或者只能给他们一次苦笑，或者又将给他们一个噩梦，但同时说不定，也许尚能给他们一种勇气同信心！

二十三年四月二十四日记

新题记

民十随部队入川，由茶峒过路，住宿二日，曾从有马粪城门口至城中二次，驻防一小庙中，至河街小船上玩数次。开拔日微雨，约四里始过渡，闻杜鹃极悲哀。是日翻上棉花坡，约高上二十五里，半路见路劫致死者数人。山顶堡砦已焚毁多日。民二十二至青岛崂山北九水路上，见村中有死者家人"报庙"行列，一小女孩奉灵幡引路。因与兆和约，将写一故事引入所见。九月至平结婚，即在达子营住处小院中，用小方桌在树荫下写第一章。在《国闻周报》发表。入冬返湘看望母亲，来回四十天，在家乡三天，回到北平续写。二十三年母亲死去，书出版时心中充满悲伤。二十年来生者多已成尘成土，死者在生人记忆中亦淡如烟雾，惟书中人与个人生命成一希奇结合，俨若可以不死，其实作品能不死，当为其中有几个人在个人生命中影响，和几种印象在个人生命中影响。

从文　卅七年北平

题 1936 年校注初印本

这书用《边城》或《山城》《小城》才能同军人有关系，同屯戍军相关照，正因为翠翠父亲是戍军，顺顺是军人，照料翠翠的是马兵。兵士同城池是不可分离的。渡头为公家所有：为公众所有性质，为义渡，不是官渡。这地方城中只驻扎一营由昔年绿营屯丁改编而成的戍兵：屯垦兵兼耕田，戍兵只守地防匪。官青布：官青布应作标准青布意。省大铺子出的货也。青是黑，不是绿蓝。好酱油：酱油出湘潭、长沙，故湘西人多托下行人带酱油送礼，如别地方送酒一样。坐镇不动的理发馆：小乡城常常只有剃头担子，无固定理发店。掌水码头的：统治水上的在官家为水上公安局长一类人物。在半官半私为水保。在帮口上作头目就叫船总，必具有排难解纷能力，重义轻利性情。这种人通称"掌码头的"。作船总的不一定掌水码头，因为船总还得作事，掌码头有的一事不作，是个资格，不是真正的事务。不过这里的船总却掌水码头。买了一条六桨白木船：说船大小有的用舱计算，所以有三舱子五舱子名目。有的用桨，六桨自是六个水手的船。在粮子里混过日子：军营。龙船水刚刚涨过：五月初二三涨的水叫龙船水。卖皮纸的：与白色棉纸稍稍不同，似出洪江，用作包东西的。副爷：军官称老爷，大兵称副爷。客气的称呼。唱三年六个月的歌：这句话本是一个典故。湘西人山歌有那么首歌：你歌莫有我歌多，我歌共有三只牛毛多；唱了三年六个月，刚刚唱完一只牛耳朵。这里却只是指唱得久而言。三年六月等于平常言"千军万马"，是虚数，不是实数。请保山来提亲：媒人。牵了一匹骡马预备出城：湘西人把骡子看得比马宝重。十来把大招子：即大桡子，与桨不同。用大木作成。如大刀，船上的多直出船头，用作转弯。木筏上四面都有。为祖父煎了一罐大发药：出汗的一种草药。叶如麻叶。灌木类。扣花褡裢：两头有口袋，有用青布作成的。搭在肩上，那东西常用白线扣花，作吉祥意。念经起水：丧事人家必到井边河边通告，名为起水。

一九三六年三月七号看过这书后半部，无聊。我应当写得还好一些。

一九三六年三月十五早上看过一遍，心中很凄凉。

三月十六改正六处。

三月二十一看此书一遍。觉得很难受，真像自己在那里守灵。人事就是这样子，自己造囚笼，关着自己；自己也做上帝，自己来崇拜。

138

生存真是一种可怜的事情。

一个人记得事情太多真不幸。知道事情太多也不幸。体会到太多事情也不幸。

一九三六年三月二十一日校注此书完事　从文

题开明改订本1957年留样校改本内

文字简极而波俏，如一幅精美白描，笔准确到无以复加，充满生命。

到那临溪高崖上去，望天上的星辰，听河边纺织娘和一切虫类如雨的声音。

北方长大的人哪能看得懂这种逼真的描写。

题桂晓风所存样书扉页

此小书系一九三三年十月着笔，时住于北京西安门内达子营廿八号一小小单独院落中，有槐树枣树各一株。每早阳光初上时，即坐一小竹几，据一小红木方桌边着手。每星期只完成一章。中间因事返湘暂停约四十多天，因此直到三四年二月始完成。

沈从文　八二年四月

贰

    我要表现的本是一种"人生的形式",一种"优美、健康、自然,而又不悖乎人性的人生形式"。我主意不在领导读者去桃源旅行,却想借重桃源上行七百里路酉水流域一个小城小市中几个愚夫俗子,被一件人事牵连在一处时,各人应有的一份哀乐,为人类"爱"字做一度恰如其分的说明。

摘自 1936 年《从文小说习作选·代序》

    我想写雷雨后的《边城》,接着写翠翠如何离开她的家,到——我让她到沅陵还是洪江?桃源还是芷江?等你来决定她的去处吧。

摘自 1938 年 7 月 29 日沈从文致张兆和信

    《边城》中人物的正直和热情,虽然已经成为过去了,应当还保留些本质在年青人的血里或梦里,相宜环境中,即可重新燃起年青人的自尊心和自信心。

摘自 1938 年《长河·题记》

    一切充满了善,然而到处是不凑巧。既然是不凑巧,因之素朴的善终难免产生悲剧。

完美爱情生活并不能调整我的生命，还要用一种温柔的笔调来写爱情，写那种和我目前生活完全相反，然而与我过去情感又十分相近的牧歌，方可望使生命得到平衡。

我的过去痛苦的挣扎，受压抑无可安排的乡下人对于爱情的憧憬，在这个不幸故事上，才得到了排泄与弥补。

摘自 1942 年《水云》

过一个张八寨，过渡时还和写《边城》情形一样，只是风景更好些。有个十来岁小女孩在拉船，四围竹树如画，动人得很。

摘自 1956 年 12 月 14 日沈从文致张兆和信

廿二年作《边城》，每星期作一章（还兼作许多别的事，看一大堆稿子），重抄一二次，倒很顺利即完成了。事情简单，一丘一壑用半抒情方式写，比较易见功。

摘自 1960 年 4 月 28 日沈从文致沈岳霖信

《绿玉》青春永不磨，无人能知来自那？旧事倏忽四十年，记忆犹新唯有我。

摘自 1961 年《白玉兰花引》（《边城》英译名"绿玉"）

事实上这个作品若希望拍成电影，取得应有成功，大致只有我亲自来改编，才有希望。若依旧照五三年香港方面摄制的办法，尽管女主角是当时第一等名角，处理方法不对头，所以由我从照片看来，只觉得十分好笑。从扮相看，年大了些。主要错误是看不懂作品，把人物景色全安排错了。

应当作一个沅水流域画卷来处理，才会成功。音乐也只需要用杜鹃声和画眉、竹雀声反复重叠相衬，加上风吹竹篁声，船工下滩时的号子声，及一条酉水流域水边的各种不同山鸟歌呼声为主调，贯串全剧，只在对话时停停。背景也应以全个酉水及沅水各码头节日和平时不同情形为主，才会生动活泼，不感单调。

摘自 1980 年 8 月 6 日沈从文致龙海清信

在青岛那两年，正是我一生工作能力最旺盛，文字也比较成熟时，许多较完美作品多是在青岛完成的，如《自传》及其他短篇。即返京以后写的如《边城》……也多酝酿于青岛。

摘自 1981 年 9 月沈从文致鲁海信

若电影剧本必须加些原作根本没有的矛盾才能通过，我私意认为不如放弃好。因为《边城》在国内外得到认可，正是当成个抒情诗画卷般处理，改成电影，希望在国外有观众，能接受，也需要把这个作品所反映的种种去忠实处理，一加上原书并没有的什么"阶级矛盾"和"斗争"，肯定是不会得到成功的。

摘自 1981 年 10 月沈从文致徐盈信

只有吃透这个作品中原有抒情诗的素朴处，是这个作品改编成功的重要关键；若把握不住这一点，任何高手都难于得到应有的成功。……若为求通过，在原作上加些本来没有的词句、诗歌及大小事故、无关系内容，把一个近于素朴抒情诗画卷原貌完全失去，我实不能同意。……因为作品是我写的，可以说每一章每句话，每件事，每个人的精神情绪面貌，每一场景的气氛和具体形象，都在我脑子里保留得十分清楚明确。这么个小小平凡故事，经过了五十年还能存在，还有读者，主要原因实由于作品中的素朴和亲切，绝不是什么与当时社会环境无关的离奇情节。

摘自 1982 年 8 月 21 日沈从文致上海电影制片厂负责人信

编者按：《边城》电影文学剧本由姚云、李隽培改编。沈从文曾写信给作家姚云，除对剧本表示肯定外，还在剧本中写了许多具体的改评意见。现经整理编入本书。凡改评文字均排楷体，外加括号；修改、补充性文字直接插入句中，下加圆点表示；拟删除的文字加下划线表示。凡摘引原剧本部分文字均用宋体，未引用部分用省略号表示。

　　二月四日读，二月九日看完。随手写了些意见供参考。仅供参考。

　　一、龙船只能在大河中行动。

　　二、渡口河是支流，水流动可极缓慢。

　　三、碾坊上边钓鱼，原文所无，系《三三》一文中形容，才会有浓荫被覆的深潭。大河中碾坊，不是这样，只是就水急处截一小段小堤坝而成。

　　四、望尽可能照原文处理，翠翠应是个尚未成年女孩，对恋爱只是感觉到，其实朦朦胧胧的，因此处理上盼处处注意到。

　　五、唱歌另抄一份附上，望就需要选几段，不必过多。

　　六、我是随看随附上些意见，只供参考，最好还是照诸同志就西水所见种种，来截长补短，容易见好。

碧溪岨渡口。

天际，红日冉冉升起，射出无数光束。

远远一层层锯齿形的黛山，在深高莫测的蓝天白云衬托之下有的青紫，有的蔚蓝，有的碧绿……（如照较远的山势作背景，可取的有"里耶"附近"八面山"，大庸近郊"天门山"，以及沅陵对河的远山。以沅陵对河的远山有层次，多变化）

远处竹篁里的<u>黄鸟</u>、<u>杜鹃婉转叫声</u><u>野莺婉转鸣声</u>……（杜鹃不作婉转，和野莺不同，黄鸟鸣声间隔更久，在静极情境中，好久"舟勾格达"叫一声）

一个窈窕少女关门的背影，她身旁窜跳着一条黄狗……（尚未成年）

石山阴面，罅隙间长有一簇又一簇肥大的虎耳草，叶片圆圆的，毛茸茸的。挺出柔弱的细干，尖端开放着小小的白花。

少女站在高处的一片大青石上，黄狗蹲在她身旁……

歌声在继续……（似以充分利用自然界的各种声音易出效果。还需要尽可能时间少些，照目下习惯，都多了些。如配音可能用小芦管好听，生生不成节奏，效果反而好些。否则用笛声，也得形成一种短笛无声信口吹的情形，用唢呐等交替使用，形成素朴静寂效果，且必须形成这个气氛，反映小城应有的静）

<u>水势渐已转缓</u>，潴留于大片石头作成的河床里为白日所映照，<u>三里大的深潭清澈见底</u>……（渡口不宜太宽不及一里三分之一才合。因为大河还不及一里宽）

这是一只<u>方头渡船</u>方头平底渡船，正载着<u>十数位</u>十几个搭客过河。

引手攀缘那横跨两岸<u>竹练缆</u>（不是"练"，不是绳索，是破竹成细条编成的，延伸力强，长年泡在水中也无碍。报废时能折断仍拉不断）的是一位年逾七十的老船夫……

渡客们微昂头看着少女。

其中有一位黝黑，高身量，豪放豁达的青年——茶峒镇船总顺顺的长子，天保大老……（大老似乎不必那么早即出场，应先照近处环境，再照小山城种种，再照整个酉水几个情调不同的水码头和河街种种，给人一个不一般的静。河街不妨利用自治州目前还剩下来保存得极好那条河街，吊脚楼房屋整齐，河水也好）

…………

渡客们陆续上岸，一个经纪人模样的中年人（长顺）抓了一把钱掷到船板上，转身欲走，却被黄狗留难住了，脱身不得。

老船夫把钱一一拾起，塞到长顺那中年人手心里，认真地："我有了口粮，三斗米，七百钱，够了! 谁要你这个。"（船总不应作经纪人。出现也早了些。他和船夫平日相熟，不会抓钱掷到船板上。似以用入城办货的中年人为合理）

翠翠走下大青石，来到爷爷身边……（船若靠的是城边的岸，翠翠不可能从门前大青石上去接近爷爷。或照原文写的那个好些）

…………

清越抑扬的笛声飘过婆娑的细竹丛丛竹，摇曳的虎耳草（虎耳草不会摇曳），滑向激滟的溪面……（笛声模仿唢呐，一般作"呜呜腊，呜呜腊，呜呜呜呜腊呜腊"调子反复单调，但和环境相称，即单调的延续，更增加山中的静寂）

溪流潺潺溅溅……（渡口照例水势极平静，无声无息，不宜用"溅溅"反映。水面即或要表现点动态，不如用一些在水面浮动的草木竹籍之类来处理较合情理。事实上小溪接近了行船的大河水流极缓慢）

酉水上游河滩边。

146

一只又长又狭的龙舟半已下引，齐排排地停在河岸边，搁在卵石上……

青烟缭绕，湿柴在胡乱堆砌的卵石灶里"哔剥"作响，烧烤着一头现杀肥羊，熔化的油脂来不及滴入炉膛就"嗤"地燃烧起来了。（杀羊叫"打波斯"，似不像是端午节划船前用的仪式。实一般家中祈愿病愈酬神使用，所以有的还邀请巫师参加。这里不用也无妨）

数名划手围着一坛酒，相互传递着一只粗瓷青花碗，已经喝开了。

"嗯!……好酒！喝了准能得头名，家酿的？下辰州办的？"划手甲问道。（原文没有，这么凑合上去，易失原意，不知是否能考虑不用这场作起点）

"莫问，喝你的酒，二老上次押船到青浪滩出了事险。"划手乙说……

方头渡船载着一伙迎婚送喜的人拢岸了……

穿蓝绸长袍罩青羽绫马褂的新郎，喜气洋洋地从小牛皮抱肚里掏出一个小红纸包封，递给老船夫。按照乡风，老船夫没有谢辞。

…………

爷爷站在岸上对船头的翠翠："翠翠，我跟你说，宋家堡子里的新嫁娘，年纪还只有十五岁。"

翠翠无语，将船轻轻撑攀着水面那条竹缆使船身靠岸。（不能用"撑"）

黄狗衔着个酒葫芦奔回来了……（原文没有，也不合。似乎不必这么处理。使用狗有个限度，超过了需要，反见造作，望斟酌）

远处鼓声又蓬蓬地响起来了，这回只有黄狗兴奋地在船头船尾间窜跳，翠翠矜持地顾自拉着竹篙缆，使船慢慢移动。

"翠翠，明天又是端午，你记不记得去年端午天保大老送你那只肥鸭子？"爷爷端详着翠翠，似乎想从翠翠神气中找寻一个答案……

"前年端午还更有趣，你一个人在茶峒河边等我，我还以为大鱼会吃掉你。"

翠翠莞尔一笑："别人家这么说我，是我告诉你的。"

碧水澄清，映照人发眉皆绿，爷爷不知趣地拾起话头："大老过溪时对我说你长得真好看……"

翠翠仰起头，伶俐地岔开去只作为不曾听到这话："爷爷，你看虎耳草……"

一切又归寂寥，渡船无声息地在平静无波的溪面上滑行。

岩隙间，带露的虎耳草在晨风里摆着它那圆圆的叶片。（不宜这么说，虎耳草紧贴石隙间和苔藓一道生长，不管什么大风也不会动的）

茶峒镇。上的小小河街。

河街上，南岸附近村子办节货的人比肩继踵地过渡。

豆腐作坊，小腰白齿头包格子布花帕的年青苗妇人，时时刻刻口上都轻声唱着歌，一面逗引缚在身背后包单里的小苗人小代狗，一面用放光的长柄红铜勺舀取豆浆。

街上有伞铺，有染坊，还有铁匠铺……都显得比平日活动。

老船夫来到屠户肉案桌，屠夫见到老船夫，切了一大块坐墩肉。大声喊："喂喂，大老板，我要买夹项刀头肉，我要浓的，糯的。炖胡萝卜喝酒的。要这个精不老骚作什么！"

那卖肉的对不领情的船夫笑着，为换了一块夹项肉，也不称，将一大方肉递给老船夫。老船夫瞅着肉，歪着头估计斤两，然后掏出钱

148

来计算着。

屠户假装生气："爷爷，你为人那么硬算个什么？又不是要你去做犁口耕田！"

老船夫全不理会，却把一手钱老船夫把钱数清后，交点给屠户。屠户把接过来的钱，也不数，"哗"地往长竹筒里丢去，老船夫妩媚地笑着，攫了肉就走了……

船总顺顺家的桐油漆木门开了，里面走出一个抱婴儿的披麻戴孝的年轻妇人。

船总顺顺跟随其后，他是大老、二老的父亲，年近五十岁，气度大方洒脱。

年轻妇人作揖："谢谢大爷救急，待儿子长大报答你。"

顺顺："都是邻里乡亲，应该，有难处，再来找我。"

年轻妇人千恩万谢告辞了。

老船夫上前，疑惑地看着远去的重孝妇人。

顺顺看了老船夫一眼，说："唉，青浪滩坏了多少男人。"

老船夫同情的目光。（端午节似不宜把这些用上去，不合节日气氛）

清水倒映着翠翠和黄狗，她沉思地望着清澈的长流水……（五月节一般是下龙船水的时候，河水作豆绿色）

明净的水流里，长长的水草缓缓地左右舞动着，一只小虾倒退着身子游动着……（这是贵生在秋天小小溪流中能见到的情形，大河中端午时不会出现）

茶峒镇。

放下门板，倒锁着的店门。（这也不会有，家中老妇人居多还在

家里。店铺里一般生意还极好，特别是炮仗店和点心铺，不会关门歇业）

空空的肉案上，铁钩子在风中叮当作响……（这不可能，不会有）

船上的妇女、孩子们，各站在尾梢上或船篷上。讲话声、嬉笑声、找人声，混成一片噪音，观战情绪十分兴奋。

轰的一声，人群一齐涌向河边，（人群早就沿河站满了）留下了翠翠和黄狗在原地不动。

黄狗为鼓声所逗引，咻咻然呜咽着往人腿缝里钻。

翠翠娇声道："狗，狗，你疯个什么！"（这应该是在渡口的情形，狗耳极敏，从极远听到城边声音）

老船夫和一个腰背挺直的老人——杨马兵盘膝搬了两个小骨牌小板凳相对坐下对酌。（本地人不盘膝而坐，也少蹲坐）

"早咧！赛过船还要放绿头鸭子让人捉……"杨马兵说罢，拿酒葫芦给老船夫的粗碗里添酒，"过会儿找个替手帮帮忙，我们一起进城接翠翠。"

龙舟竞渡早已决了胜负，上了年纪的人三三两两扛了凳子回家。（照例不是一次决胜负。是三番五次排队，听鞭炮一响，即竞争划向目标。占先的照例得奖，居多是一面薄薄的银牌，重不过二三钱，边缘钻了个小孔，用红线系在长约一尺的竹签上，得奖多的插在头巾上表示胜利，不是使钱多，争的是面子）

河中央，两个瘦削的老军士驾着小船在一片呷呷的叫声中将竹笼的栅门抽去，卅只肥硕的鸭子在水面散开，鼓着翅膀向各处游去。

岸上，好事逞强的青年男子纷纷脱光上身衣服下水捉鸭子。

也有青年为展示情人绣的花抱肚，（决不会有这事）故意慢条斯理地涉水下去。（这也和环境不合）

………

一个青年闭气汆到鸭子身边忽然冒水而出，把鸭子捉到手，高高擎起，招来一片喝彩声："好样的。好脚色，好脚色。"（本地无这个北方称呼）

………

老船夫和杨马兵都有了醉意。

"杨马兵小兄弟，唱个歌吧！早先你唱得不错。"老船夫粗着嗓门沙沙的喉咙大声嚷嚷。

………

"嗓子哑，歌词也不周全了。"老马兵无限含着一点惆怅地："时间过得真快，十七年了……这歌已经没有人会唱！"

老船夫……不无悲凉地："日头落下去了，我也太够老了……我也得把翠翠交给一个可靠的人。"

两人对人世无常各有伤感感慨，两人于是又斟满了酒杯。

龙舟半倚半躺在河滩上……（龙舟不可能半倚半躺）

光线勾勒出站在暗处的翠翠和瞌伏依贴在她脚下身边的黄狗。

黄狗一跃而起，对着窗子竖起耳朵，喉头呼噜噜正待吠叫，被翠翠制止住了，她蹲下来，摩挲黄狗，轻声骂道："这算什么轻狂举动！跟谁学的？还不好好蹲着……"（这只是在渡口的景象）

黑影幢幢的，又听到乌江子里他人粗声粗气的说话……（乌江子不入酉水）

翠翠又急急地带着黄狗挪动地方，但又不敢走远，才来到河边，只听得啾啾的雄鸭叫。（鸭子单独一只在水上漂，不会叫出声的）

翠翠被吸引住了，不再理会乌江子白河民船上水手们的粗话……（乌江子不会上茶峒）

黄狗必然生气了，不等翠翠吩咐，就冲过去，汪汪地吠叫起来。（一般乡下的狗离开了家就十分老实，在翠翠身边，却应合了"狗仗人势"的俗语）

……"是谁什么人？"

"我是翠翠。"

"这里等也不成，到我家去坐一会儿，我要个伙计送你回去！那边点了灯的楼上去。"……

"鱼咬了我，也不管你的事。"翠翠白了一眼很自负地回答……色厉内荏的（不必这么形容）黄狗，躲在翠翠身后去了……

翠翠喊："狗，狗，你叫人也看人叫！"

翠翠害羞地低下了头……

散漫的光线下，翠翠跟那男子四目相遇翠翠笑笑地顾自走了。（黄昏中哪会什么四目相遇，而害羞低头）

翠翠和黄狗依旧独处一隅。河边，四围显得空荡荡的。

甬道里，风大，（甬道四围是木板，不会有风）翠翠感到有点冷……

上头，甬道口出现了火光，一会儿出现一个手拿火把的人，他一面晃着，一面喊："翠翠！翠翠！"

"爷爷，爷爷，我要你。怎么这时才来，我等了你好久！"翠翠娇憨地嚷着冲上去匆匆忙忙追过去。

火把下是一个面生的中年人。

翠翠止步不太高兴地问："是我爷爷，碧溪岨撑渡船的让你来接我的？"

"不是，是我家二老。"中年人回答。

"哪个什么二老、三老？"……

翠翠不语，嘟着嘴跟随那人上了河街，沿青石板街面走去……上了渡船，那个替手也是城里人，人并不熟，显然是临时帮忙的。送翠翠上了船，翠翠又送那替身过河，才回家中。

无人管辖的磨石盘在转动。谷子早成了白米，还在碾呀碾。（碾坊已开动，必有人照料）

整个河面罩在迷蒙的雨帘里，连那色泽艳丽鲜美的龙身也看不真切了。（措词不准确，事实上不会这样）

雨越下越大，青石板的街面上溅起尺许深的白雾在风中舒卷……（杭州雨季是这种情形，湘西山城下雨可不这样）

爷爷抬手指着侧前方的吊脚楼，正是去年端午二老傩送指点的方向："去船总家躲一躲，借两张斗笠两个斗篷。"

翠翠突然忸怩起来："爷爷，雨小了……你看，那云天上那云跑得多快，一会儿雨歇了。"

雨没有小，翠翠两脚如麻，越缩越进去，躲闪不得。（这形容得改）

祖父尊重了翠翠的意见，不去顺顺家再说什么。

翠翠感到遗憾。（这形容得改）

船总顺顺家。

黄狗抢头名窜了进去。（照狗的习惯，一离开家乡，特别是进了城就老实得多，不敢离开人自由行动的）

翠翠留在门外踟蹰不前，下意识地整理打湿的发辫和前留海……

有情有义的黄狗又窜了出来，咬住翠翠的裤腿往里拖……（不合

153

狗的性格）

翠翠慢慢抬头，笑容呆滞住了。

天保大老，双目炯炯，有点神魂颠倒。（原书所无，添上去不伦不类）

翠翠打火把在前引路，祖父乐颠颠地抱了只白鸭子，背着大吊一手提了个竹篮，装上大半篮粽子……

翠翠家中……

灶上悬挂的粽子，小柜子里的青壳咸鸭蛋和桌上放着的苍术大把菖蒲……

毛毛细雨斜斜地打在那束苍术菖蒲（端午只用菖蒲、艾叶，不会是苍术）艾叶上。

……………

"喂！摆渡！有人过河。"有人喊……

翠翠不知想到什么了，她又脱下斗笠说："爷爷，我来锄地，你去。"

爷爷不明白翠翠的心思颇感纳闷。（不必要）

"守……渡船的……"又有人喊，是一个女人的声音。

翠翠一下子从祖父手中夺过斗笠奔下去。黄狗一颠一颠地跑在前头快快地向前跑去。

爷爷大惑不解的眼神。（不必要）

雨落个不停，溪面一片烟。一会儿，翠翠和黄狗便消失在烟幕里。（原文这么写已够完整，因为门前和渡船并不太远）

碧溪岨渡口……

"喂！干吗叫二老岳云？"有人问。

"他脸俊美人家都说像戏台上不穿白盔白甲的岳云。"（这么问答，似远不如原文）

霏微的细雨中，渡船一会就拢岸了。

一行人鱼贯而去陆续上岸走了。

翠翠正在灶边烧火，火光映红了她的脸蛋，她哼着歌，歌声里浸入了一丝儿凄凉带着一点自嘲意思。（这里似用不上"凄凉"形容，因为其中有点自嘲之意）

大姐戴副金镯子……

碧溪岨岸上……

老船夫兴致很高地指着雨中娉婷的小白塔说……

话既投契，老船夫更高兴了："我是什么楠木树，枫木树，一把老骨头了，还说什么？来！快披上蓑衣……翠翠，翠翠，快来渡客到对岸去帮我个忙，把船拉过河去。"老船夫挥着手喊。

方头渡船慢慢离岸。

爷爷在岸上大声喝道（和原文不合）："……这世界有的是你们小伙子们分上的一切……"

船上，两人沉默着。流水淙淙响，远处竹雀有一声没一声地啾唧着。（雨中竹雀不大叫，只宜用远处时远时近的杜鹃叫才合）

那黄狗懒懒地蜷缩在船头耷拉下耳朵一副事不关己高高挂起的神态。（这也不合）

起风了，雨丝儿斜斜地飘过来……（形成雾气的毛毛雨，不会有风的）

黄狗耷拉的耳朵骤然竖起来，它张开一只眼睛偷看……

傩送走到上风头，有意张开自己的裰衣给翠翠抵挡那斜风细雨。

雨点大起来打在他那敞开的胸怀上。

翠翠被感动了，眼睛里充满了笑意。（这一段似乎可以取消，因为端午节不会下毛毛雨，落毛毛雨一般是三月里。真的落了毛毛雨，当天可不会晴的）

…………

"我要一个人来替你们守渡船，好不好？"

翠翠莞尔而笑，感激地望着他，她走了神……（即有如上的事，也不会有所写的情况。因为她始终还是个不成熟的乡下女孩子）

傩送站稳后，向岸上一跃，再次叮咛道："翠翠，难为你（'难为你'是道谢，和叮咛无关）……我回去就要人来替你们，赶快吃饭，今天人多啊，热闹啊。"

雨落得比先前大了，水气缭绕自溪面上升腾起来。（这不合。若真的这样，当天看不成划船了）

风阵阵吹，雨斜斜打……门上那一把苍术菖蒲湿漉漉显得鲜嫩、水灵。

去茶峒的小山道。

祖孙一前一后走在山道上，黄狗跟随在后时前时后。

爷爷依然哼着催橹歌！（这也不必要，催橹歌不必用）

噗噗嗦嗦又下了几点雨，落在近旁的水塘里。（不必再下雨了，不妨就远近山景一种雨后放晴的情形加以反映。这时也才用得上竹雀声，声如"婆婆酒醉，婆婆酒醉归"，远近交递在竹丛中啼唤）

河街。

男人们黑黑的后脑勺和妇人插金戴银的发髻……（一般是包裹黑白和花格头巾）

从人群里挤过前年送翠翠回家的长年，他看见爷爷和翠翠："找到了，船总顺顺让你们上他<u>吊脚楼</u>家楼上去。"（一般人不会自称吊脚楼）

……<u>楼上四个一排大窗口已有很多人了。</u>

那女孩一见到翠翠，伸出手招呼：<u>"你来，你来过这边，过这边！"</u>手腕上戴着的银手镯，闪着白白的亮光。

女孩母亲顺手从碟子里抓了好些瓜果往翠翠手里塞。<u>翠翠不好意思，依旧放还到小碟里去。</u>

龙船竞渡的始发处。划手们都在紧张地准备着。<u>人人头缠红布，穿白布衣裤。</u>

<u>二老头缠红布，不住地向河街遥望。</u>（照规矩龙船起点离吊脚楼极远，因为终点在吊脚楼附近）

<u>远处的吊脚楼比屋连墙</u>，各家临河的窗户里和码头边满是看热闹的人，无从分辨何处是翠翠。

顺顺家的吊脚楼……

翠翠局促不安地端坐着，<u>眼观鼻，鼻观心</u>，（这种俗套语不宜用，也和前面说的局促不安相违）手中拨弄着花生、<u>雄黄豆</u>……（根本没有什么"雄黄豆"）

挤在其他窗口看热闹的本城人，<u>常常把眼光从河景移到翠翠和那粉粉的女孩身上。</u>

<u>更有甚者</u>，几个后生知道在主位的客人或许是有意特别请来的多，

故意装成没别的事情样，从楼这边走到那边，为得好好仔细看看她们。主要显然是前排那乡绅母女，因为一身打扮得格外出众。

吊脚楼上，那女孩被二老所吸引，向前伛着身子，将身后的翠翠亮了出来。（这么描写不必要）

吊脚楼上，翠翠失去了控制，紧张地站起来，将膝上的瓜果撒了一地。（不必要）

先是女孩的母亲，接着那女孩儿，继而临近窗口的看客们俱将目光投到失态的翠翠身上……

……翠翠脸发火烧，赶快躲到另一处去，那里是前年端午节等候爷爷的石阶上，她把那发烧的脸蛋儿贴在冰凉的柱上……（吊脚楼很少用石柱，得换一种形容）

船从税局兜了个圈子回来了。

船上的排桨在他的手中那两面令旗指挥下合着鼓点子一起一落非常整齐。

……河街的观众挤在码头边浅水中，以至于吊脚楼的柱子上，他们齐声呐喊，夹杂着吆喝二老岳云的大名。

吊脚楼上母女俩激动地站了起来，那长年手忙脚乱点着了炮仗。把长竿子从窗口伸出去。

"铺地锦" "百子千子头" 鞭炮在半空中爆裂……

船上傩送二老转过汗津津的脸，露出雪白的老鼠糯米细牙，（这类形容过多无效）喜孜孜地向吊脚楼望去……

（镜头跳过去）：隔壁的窗户也没有翠翠，再隔一个窗户，依然没有翠翠的倩影影子。（俗气了）

……船头卷起一阵白浪，船危险地倾倒忽然翻了。

……顺顺家，许多人争着出门，向河下跑去。

白塔年久失修，顶部有一条长长的裂隙不知什么时候其中筑起一座鹊巢。两只喜鹊收起翅翼恬静地进巢里去。（这不合，五月里喜鹊不起巢）

翠翠坐在船头，有点不好意思，低下头去剥豌豆。远处竹篁里的黄鸟在鸣叫，孤伶伶的。间不多久就是一声"勾都格得"，末后换了个腔"姊呀妹呀"，就知道已经飞远了。

……崖头簇集的虎耳草在风中摇曳绿湿湿的。

祖父温情脉脉地看着翠翠说："翠翠，翠翠，你人也长大了。船总顺顺家里请人来作媒，想讨你作媳妇，问我愿不愿意。"

翠翠脸红了上发烧……
"我呢，人老了，再过三年两载会过去的，我没有不愿意的事情，这是你自己的事，你自己想想，自己来说愿意就成了。"
翠翠涨红了脸，不可察觉地颔了颔首。她满心以为必是二老来求亲……

"大老是个有出息的人，为人又正直又慷慨，你嫁了他，就是命好！"爷爷解释说继续解释下去。

…………

一节豆荚入水，又是一节溅起小小的浪花。（似不必要，不会有的）它们在水流中起起伏伏越淌越远，终于沉没了（豆荚不会沉于水下的）……

暮霭沉沉溪面一片暮烟。

对溪竹篁里，杜鹃泣血声声催人泪下。（乡下人听这个鸟声听惯了，只感到尖锐急迫，不会什么"催人泪下"）

树梢上染着一抹落日的余晖，新蝉振翅鸣叫，却不成腔调，很快沉寂下来。（五月里新蝉还是绿色，在灌木中习习作声，和秋蝉是两个种类，黄昏时声音："息圣息"……）

与大自然的心搏息息相通，（这类现代文字必避开不用。是学生所熟习，乡下人可用不上。原文较素朴）翠翠一个人孤独地坐在船头上，感着不可言状的哀愁……

碾坊上游。

大树覆荫下一潭静水，长年阳光不到，绿幽幽的。（这是《三三》一文中碾坊情形。大河中碾坊利用形式不同，凤凰十里的地方还可能有个碾坊，足供参考）

水面上一只浮子在抖动，猛地被拉起来钓钩上竟是一簇水草。

持竿的是大老，他神情懊丧，他挪动一个地方把渔竿放下去。

浮子又抖起来，无疑是条小鱼在啄。

大老赤脚站在浅水里，又打算提渔竿。（原文所有尽可能用上，原文如没有尽可能不用。这点望斟酌。那地方河中鱼还极多，两兄弟

160

不去垂钓）

碾坊前。（原文说的碾坊还未使用）

……二老举起手里的鱼："拿这个下酒，驱驱寒气。"

大老看看自己手里干瘪瘪的一条小鱼，忽然想起什么："有了，现在涨水，有鱼上鱼梁来……杨马兵大叔！"（大鱼梁是在浅水急流拦水，作成一个几十丈的长排，状如直角三角形的一边和斜边相搭，下端伸入水里，鱼抢上水，一例跳到鱼梁中后即下不来。渔人划船去用长钩取入船中，一取百斤。小梁则只几尺长，一般在水碾下边一点设立，也是利用鱼争上游方式取鱼）

顺顺家。

顺顺放下酒杯，问道："乌江子（应明白乌江子不入酉，这地方已快到酉水尽头。乌江子是大船，走洞庭湖的，沅水就并不多）×号下桃源，你们俩谁去？"

大雨如注，一条秀气的乌江子中小型白河船泊在岸边。（乌江子不入酉；白河船相当笨，从不"秀气"过）

舱内，兄弟俩正在查看货物，雨脚如麻，打在新油的盖舱篷上……（白河船一般不油篷）

雨帘中，河岸巨石间一只飘忽动人的火炬在移动……

废缆的火光将他们的影子长长地投在大石块上（这似不必要，因为本人手中的火把不可能把本人影子拉得多长）一窜一窜的。

碧溪岨渡口……

剪影般的翠翠放下竹笛轻轻叹了一口气痴痴地望着天空，不知想

161

些什么。

对溪竹篁里，应答的是杜鹃悲凉间歇的啼声。（声音和别的地方不同，只作"鬼桂红，鬼桂红"，声停时已远远飞去）

翠翠心绪烦乱，她带着点儿请求意思喊道："爷爷，爷爷你把船拉回来呀！"

形单影只，翠翠从崖坎上望下去，感到一点平时没有的孤独……

暮色笼罩着溪面，渡船上有个吸旱烟的，打着火镰吸烟，小小的锅里，一明一灭，接着把烟杆在船边剥剥地敲烟灰。远处鸟声在交替中啼唤。

翠翠的肩头抽动起来，她哭了。

黄狗站起来，双爪搭到她的肩上，安慰似的拿舌头去舔她的脸。（这不合，到天晚不会这样。中国狗不是洋狗，不至敢于舔主人脸上的程度，也很少用双前脚搭人肩上，和主人表示亲热不用这方式）

长庚星曳着长长的十字形光脚在天空一角明亮亮的。（说它"明亮亮"的正确些）

渡船过去了，留下鳞鳞的水纹，它们抖动着终于静下来，倒映出一轮清冷的圆月……

对溪一带，半包裹在夜色迷蒙的雾气中，（不会这样，是这样就不会还见小小灯光）连那半浴着清辉的白塔也如睡着了一般，只剩下一星星摇曳不定的灯光，在小屋窗下闪动……

黑暗里燃着蒿艾烟包，只有一星暗红的光点，一缕青烟袅袅升起一些些烟味散发……

月光淡淡地洒在窈窕的白塔上（小白塔不会"窈窕"），也照着

巢内那一对互相暖着身体亲密的喜鹊。（这不必要，因为，喜鹊绝对不会在小塔中砌巢）

爷爷静柔地将一床白被单盖到她修长丰满的身体上……（这人还未成年）

…………

祖父恐怕触动少女的羞涩的心理，又急又怕地闭上眼睛，甚至故意作出轻微的鼾声，但是……眼里的泪花却骗不了人，它从起皱的眼角顺着枯瘦的脸颊爬下去，消失在乱蓬蓬的银白色的胡子茬里。（这么描写不合小说的素朴风格，似应简化些）

…………

大老已经离去，但见林间绿苔上深深的履痕。（不可能，这么形容处理不美）

河岸这边搁着无数油篓子。水手金亭正熟练地扎制护舷防浪的茅把。（因为下滩水急浪大，两舷必加上芭茅缚成的茅把）

直挂云帆（下水船不用帆，只用篙桨）乌江子顺流而下。

翠翠家……情景依旧，艾蒿烟包上升起一缕袅袅的青烟。（艾蒿烟包倒不起烟，只是拿起晃动才见烟气）

…………

翠翠俨然极其认真地想了一下，就说："爷爷，我一定不走，可是你会不会走？你会不会一个人离开我？"
爷爷黯然有会于心转过脸去，痴痴地仰望着发闷……
滔滔的滩声中，空气反而显得异常沉闷和平时不大相同。

顺顺家门口……

那一堆纸钱灰，它们又如活的一般被风卷扬起来，连同几茎枯草飒飒有声作成个小小旋风转着。

碧溪岨渡口。

翠翠眼尖，远远看见爷爷归来，迎面跑了上去，亲昵地扶住爷爷，上了船，爷爷一句话不说，只向溪中望着，不理会翠翠。翠翠忙着把船拉动。过了溪，想扶着爷爷到住处去……

船上翠翠一边拉竹练缆，一边扭头往家里望。心乱乱的，像是预感到一点不平常的兆头。

天色很快暗下来，祖孙俩都懒得点灯。只有灶角一点暗红的光焰，一对早熟的蟋蟀有情有致地弹琴。（晚上蟋蟀不弹琴，至于灶马，多只低声曲曲地叫）

纷纷扬扬的雨丝打湿了"寻人"告示。

镜头拉出来，一座久无香火的破庙。（寻人广告不会在破庙里出现）

二老盘腿坐着，（船夫常蹲着，不盘腿坐）目光呆滞地望着……
在浪拍船体的唧唧轻微声里，远远地飘来哑哑的歌声……
"金亭！金亭！！上这里来。"是二老的声音。
"哪一个？是岳云二老哇！"那边回答道，只见那桅灯闪忽火把闪闪忽忽得更勤了，光焰越发亮了。很快见一个人手中提着个老虎牌桅灯（老虎牌灯相当贵，值十二元。不是一般水手用得起。照通常情况，多是点废缆一段）……

164

灯光爬上二老满是雨水惨白的脸。（形容词缺少应有准确性，就给人不真实感）

黑夜占领了全个河面……也有小妇人奶声奶气地唱（"喉中带沙"才合。船上土娼多是大喉咙，唱什么时必把喉咙压小，因此是沙的）……

河街……

酒店掌柜的喊："喂，喂，伯伯你这是干什么，莫不是丢了大元宝，过去又回来，你找啥东西什么八宝精？"

老船夫显得慌里慌张，不大自然，好像是被人揭了隐私……

…………

远去的父子俩，顺顺背略显伛偻着背，跛得更厉害了，走路时两只脚已不大灵便。

碧溪岨翠翠家屋前……

爷爷走到翠翠旁边，蹲下来，看看她那小小的脸子低声说："翠翠，翠翠，我实告你，二老下辰州回来了……"

翠翠脸刷地红到头发根（不应这么无效果的重复，不如说心上感觉一阵子紧）……

夜，月色晦暗。

萧飒秋风过后……

爷爷叹了口气，无可奈何的样子："翠翠，回去吧，要下露了。"（不合）

翠翠小心地打开门扉，"等候"在外边的晨雾漫进屋里来。（秋

165

天应是天清气爽，不会有晨雾）

⋯⋯⋯⋯

冷空气使爷爷咳得更厉害，装睡不成功，于是喘着说："翠翠，翠翠，你说怪不怪？上回你说梦着了虎耳草，昨晚上我⋯⋯我也梦到了虎耳草，叶子比笆斗还大⋯⋯"（虎耳草经冬不凋，长年绿荫荫的，换季时不是秋天）

"撑⋯⋯渡船的。"有人在喊，老船夫赶紧将酒藏好葫芦放稳。边走边穿衣服下渡口去了。

⋯⋯⋯⋯

船已靠岸，二老挑起担子，一跃而上，往官道走去。

老船夫更加慌乱了，赶过去说："二老，二老，你等等，我有话同你说⋯⋯你并不傻不要忙，且听我说，别人才当真的为你那歌弄成傻相。"

⋯⋯老船夫看到有转机，于是大声喊："翠翠！翠翠！"

白塔上那一对喜鹊扑罗罗地飞起来，喳喳叫着投林而去。（可以写喜鹊，但决不宜说从白塔上飞鸣而去，没有反应倒反而合理）

"翠翠，翠翠。"爷爷又喊。

只有回声在山中回荡，余音绕梁萦回不止。（似不宜用"回声"，竹林山是不会起回声的。因为有回声也全被竹林吸收了）⋯⋯

二老低声说："得了，得了，不要说了。"大踏步地回身走开向前面的竹林走了。

"傩送二老，我看那弄渡船的神气，很喜欢你！"

⋯⋯⋯⋯

"⋯⋯我想弄渡船是很好的。只是老的为人弯弯曲曲，不索利，大老是他弄死的他那个事粘粘泥泥而不明不白死去的。"

最后这句话正传到翠翠耳朵里，她恰恰藏在他们身后不远处的竹林里。（这儿用张家界那段竹林作背景可望取得恰到好处的效果）

爷爷懊伤地站在渡船边。

黄狗衔着竹篮子抢先跑过来，摇着尾巴，得意非凡。

"狗！狗！喊了你们好久，怎么听不到！"老船夫粗声粗气骂着黄狗。

狗被骂得莫名其妙，放下篮子就走。（原文似不这么巧。太巧了就缺少效果。一切都得恰如其分，一过分就不成）

篮子倾倒了，里面除了十几根小鞭笋外，竟是一大把虎耳草。

水灵灵的、鲜嫩嫩的虎耳草，逗人爱怜（不合）……

翠翠小小心子里的秘密被爷爷看去了，不由红着脸扭身往屋里跑去。

后影看去，苗条得像一根笋子长得像一根抽条的春笋。（应避这么无效果的形容）

老船夫嘴里念念有词："二九十八。"说着，捡起一块尖削的石头，在船头划了一道刻痕……终于达到了十八条。

一只骨节粗大，皮肤又红又皱的手伸进画面，一遍又一遍地数着。（这一点不美）

老船夫肩上搭着毛巾，正盘腿坐着（我们乡下人不盘腿坐）……站起来兴冲冲地向屋里走去。

黄狗来到门口，奇怪地往里瞅，突然汪汪地叫了几声，显然一开始它不认识。（这也不合，狗是经嗅觉中辨别生熟人的）……

翠翠……不解地看着爷爷问道："爷爷，你这是干什么？装神弄鬼（不这么说）……"

某集市（是说城里的百日场好些，或说逢五赶场。总之场集放茶峒城较好，在别处就麻烦，环境和《长河》书中不同）

正逢三、六、九的赶集日熙熙攘攘的人群，插红戴绿的三三五五的苗家姑娘特别引人注目。（这不是苗区，苗人并不会多。用三三五五倒合些）

二老和船夫挑着烟草、五倍子等下行货，经过渡口。

船夫说："日头还早，二老赶了集再回来。"

二老答："不了，早回家歇憩。"

"是呀，过了前面那小山岙就是碧溪岨了。"那船夫有意无意地接口道。

经船夫一点拨，"近乡情更怯"，二老的脚步踌躇不前了。

他们经过一个小饭铺。二老提议："我说挑担的，我们进去喝一口，吃饱喝足好上路呀！"

那长年狡黠地回了一句："唉！早回家，早歇憩嘛。"可是一双脚往馆子里直跑。

他俩将担子卸在当门口。

长案上陈列着煎得焦黄的鲤鱼豆腐，身上装饰了红辣椒丝，卧在浅口钵头里，让那挑担的帮工垂涎不已。（这一段非原文所有，且不好处理，不如删去）

…………

端菜的是个白脸、长身的小女孩，年纪不过十一二岁……（湘边上人，十一二岁不会抽条的，一般必到十四五岁后，并且城里人成熟早，乡下人则还迟些。小说翠翠直到这时，还并不完全成熟才符合情形）

"我和小狗去后山，乘有天光，我去……我去捡点儿柴捡点菌子……"（不宜说捡柴。捡菌子，采蕨菜，捡"沙罗谷"都成。沙罗

168

谷是一种生长在苔上的地耳）

……宿鸟投林，那一对喜鹊已归来，在白塔上空盘旋。

鹊巢里，几只毛茸茸的小喜鹊引颈盼望，啾啾叫着。

渡口被夕阳烘得暖暖的，（我都不大懂）二老和那长年帮工（或帮伙）似浸在金色的醇酒里。（这种形容缺少应有准确）

同小兽见到了猎人一样，翠翠回头便向山竹林里跑。

那两个人隔溪看……

长年也抱不平似的厉声喊："撑……渡船的撑老伯伯过渡！"

翠翠走进去的那片竹林，林端已浮起淡淡的霭烟（若是深秋，就不是这景色。且和后来不久狂风大雨涨水也不合）……

老船夫气喘吁吁地跑到了溪边，解了绳缆，忙上船，奋力向对溪划去……

老船夫下了溪稍带做作地："呀！是二老从川东回来了呀！"（这是全乱了。船夫住的是和城打对的一面，二老回来应当先上渡船的。这么写和前面即有矛盾。应当是他们回来先到船夫住屋前的渡口，等待过溪才合）

………

暮色四合，只听得竹篁深处传来一两声狗吠。（附近无人家就不会有狗吠）

老船夫知翠翠躲上了山，忙改口道："我还以为你们过了渡。"

"过了渡？船不过来，怎么过？管事的不来，敢犯规矩？"那长年没好气地说。

………

老船夫脸涨得通红感觉得不大自在。（若天已入夜，脸就不宜说

涨得通红）

茶峒水码头……

二老正背着油篓子往乌江子上装货。（凡是"乌江子"都必须删去，免成笑话。一般油篓子常在百四十斤左右，是二人抬上船的）

长年从台阶上下来，打招呼道："二老，二老，船总顺顺你爹找你，让你快回家去。"

船总顺顺家。

……"爹，你莫不要问了……我求你，你莫问了我就是不要。"

方头渡船正过中流。

…………

"小伙子，"长顺那说客拿烟锅叩着船舷，诡谲装做作古正经地说："他说：'我跟前有座碾坊，有条渡船，我本想要渡船，现在还是要碾坊吧。渡船是活动的……'这小子会打算盘呢！"

…………

老船夫被这句话在心上扎实地戳了一下，闷闷地立在船头，秋风将几片黄叶吹扫过来，他忽然注意到……

船舷上那二九一十八道刻痕。

老船夫气恼地捡起一块尖利的石头用力刮削，直到露出白白的木坯……（原文所无，研究是否必要）

翠翠的歌声伴着那乌血的流淌流出，（刮痧放血，不会流淌，只会流出一线）愈加显得欢快而不调和。

茶峒水码头。

170

……水手问二老："二老开船了吧什么时候凡事归一？"

…………

帆篷落下来，张满了好风，"乌江子"拉起船头的小铁锚，安好了桨，推船离岸，向下游驶去。渐去渐远，直到碧空尽头。

顺顺哈哈大笑，将那三十二块大洋钱捡歇手做庄应有的钱扒进抽屉匣子。（用《顾问官》玩牌不相宜，那是大场合庄家才有那么多洋钱）这才注意到站在身旁的老船夫，脸色就不太好看了沉沉的，可还招呼道："撑船的，喝酒吧！上好的红毛烧。"

"不了，这几天身子不好，不敢喝酒。"

顺顺没有理会，只注意自己的牌桌上一切，不像往天那么亲热。

牌局沉闷地继续进行下去。多毛的手指上，分量沉重的金戒指一闪一闪。（四人玩牌，照例只三人抓牌，庄家在对方自由自在）

桌子下面，几双着生牛皮盘云的长统钉靴（不会是几双，这看人来，一般是双鼻梁青布帮鞋子）的脚，悠悠然地抖呀抖的。惟有老船夫那双着草鞋的光脚不安地倒来倒去。

…………

船总转过脸，窝容地笑将起来："怎么不早说？你不说，我还以为你在看我牌学张子！"于是把牌向桌子上一撒，离开了矮矮的牌桌子，起身往后房走去。老船夫跟在他身后。

……"我听一个过渡的中寨人说你预备同中寨团总打亲家，是不是真有其事？"说罢，死死地盯着顺顺的脸。

顺顺的心里起了疙瘩，有意地说："有这事情。"

"是真的吗？"

"真的什么蒸的煮的！"顺顺眉头打结，斩钉截铁地答道，"有就有，没有就没有。"……

"可是，二老他的意思……"老船夫打断话头还想问下去。

顺顺沉下了脸，语声略粗地说道："伯伯，那事算了吧，我们的口只应当喝点酒了，莫再只想帮儿女唱歌！唱不好，帮个倒忙！"

牌桌上，顺顺心境恶劣，把牌用力掷到桌子上去，说："够了，够了，改天玩吧。"

对家摊开牌"和"了，将大把的洋钱往身前捋应得的洋钱和铜钱一起揽到手边，乐得个哈哈大笑，自以为福星当头，全不注意船总的神气。

碧溪岨渡口。

夕阳把白塔浸没在血一样的颜色里。天边起了乌黑的秋雨云，气势万千地往晴空膨胀。天气闷热，看来晚上天气会变。十里外的棉花坡已裹在云里。

热风把满山竹篁吹得沙沙响，啪的一声，有一株碗口粗的竹子被吹断了，缓缓地不愿意似的倒下去。（不可能。这里全是些篁竹丛，如灌木林不怕风吹，风来时只会随风摇动，不会吹断的。能被风吹断的只有慈竹科，一般在人家坟头上长起，又名"孝竹"。一堆一堆的荒坟中才会出现这种景象）

老鱼吹浪，鱼儿万头全像在空气中浮动。（这是雨前一般情形，却在夏季，秋后已难发现）

翠翠家……床头上，屋角里堆着许多双崭新的草鞋。

"爷爷，你要打多少对草鞋，穿得了吗？怎么不躺躺？"

老船夫不作声，站起来跨过门槛，仰头向天际望去……

乌云如奔马一般向这边涌来。（如果这么写，大雨不到晚上就出

172

现了，换个方法表现好些）

"翠翠，天气闷人，出不过气来，今晚上要落大雨响大雷的，回头把船绳绑到岩下去，这雨大哩！"

……终于下起了大雨，伴着吓人的雷鸣。雷声浊浊地沿水面传送，在山崖上撞出了回声（山崖只不过十丈高，且是一大片丛竹覆被，不会起回声的）……

淋得湿透的喜鹊，凄厉地叫了几声。（不可能，也不必要）

……翠翠紧张地扑在爷爷怀里。

爷爷用大手拍拍她的背："大概是溪边崖坎崩落了，让它垮下去，不碍事。莫怕！"

雨脚如麻，鞭打着虎耳草，肥大的叶片低垂着。（虎耳草不必尽提，因为只是一种点缀。这时值得用反复电光下现出的应当是整个景象）

房子漏了，豆大的水滴串珠似的落下来，积水到处流淌。（不必要，若需要，也只是在某一处梁椽间有雨水下滴）

……画外音：

"万一我离开了你呢？"

"你不会，万一有这种事，我就驾了这只渡船去找你。"

"可是青浪滩浪如屋大……"

"翠翠，我到那时可真像疯子，还怕青浪滩的大浪？"

"爷爷，我一定不走，可是你会不会走？你会不会一个人离开我？"

在以上画外音里，出现以下画面：

<u>疯也似的雨骤风狂</u>。（这似乎得先一时晚间有这么一景对话，这时老船夫才回复过去，才有效果）

黄狗悠长凄楚的哭声。蜷伏在灶边，草窝里，时时不安定地低叫着。

翠翠家（屋内）。

油干灯尽，火头往上蹿了几蹿，<u>化为一缕青烟终于熄灭了。</u>

青烟如有生命，在屋内盘旋着，终于恋恋不舍地从窗户冉冉离去。（不可能这样，不会有好效果）

瓦盆积满了水，水滴稀落地坠落下来。

最后一滴水凝聚在椽子上，圆润饱满，一缕朝阳斜斜地投射在它上头，五光十色，虹也似的炫人耳目。（不如照照房中的简陋处，随即照外景一切）

匍匐在爷爷灶前的黄狗抬起它那泪汪汪的眼睛看看翠翠，<u>又垂头丧气转过脸不予理睬跃起身子，也照例四脚绷紧，伸了个懒腰，即到处蹦跳。</u>

溪中也涨了大水，已满过了码头。下到码头去的那条路，<u>集中屋前屋后几道流水，正同一条小河那样哗哗地下泄黄泥水……</u>

雨过天晴，空气十分清新，天际挂着一条长虹。（早上不会有长虹）

黄狗狂吠着从屋里窜出来，奔到向塔圮处那个大土堆奔去，<u>又回到翠翠跟前，咬住她的裤脚呜呜地低嗥。</u>

翠翠仿佛感觉到出了什么事，飞奔着向家里跑去。

翠翠跟着黄狗奔进了家，到爷爷床头。

老人苍白的蜡渣黄的脸上安详、宁静。原来这个人在雷雨将息时已死去了。（不宜用"苍白的"形容。事实上一个生命在风雨阳光下过生活的水上人，死时脸多已显得苍黄以至于哑黑的）

....

屋的上方有一处漏水，水滴不断滴在翠翠抽动的肩背上，很快湿了一大片。（不如见出地面一些凹处积了大小不一的浅水近真）

浩浩荡荡的队伍（人不宜多到十人以上）来到了渡口……

最后登上这临时渡船的是一个蓬头垢面的道士，他身穿旧麻布道袍，怀抱了一只大公鸡，手提若干同来个伙计，还带了几件法器。

棺前放了个小小桌案，上用了黄泥作的一对简易烛台，燃了一对木油烛，又用饭碗装上一碗白米，插了一把香，香烟缭绕。烛泪涟涟。

顺顺光着头站在死者的床前，内疚地望着死者。

眉头微微打结，而显得严肃的死者。

顺顺把手放在死者的脸上摩挲了一会，一面低声沉沉地说："老伯伯，你的心事我知道，你放心去吧。"

死者的眉心果然舒展开了。（这俗气，并不能动人。凡是这些不实际处都得避免）

顺顺说罢，转身对匍匐在床前的翠翠说："翠翠，老年人是必须死老年人老到了头，就会死去的，你爷爷劳苦了一辈子，也应当休息了。你不要难过，凡事有我。"

入夜了，棺木前小案桌上点着黄色的九品蜡。且燃了香，棺木周围也点了些小蜡烛。（装点这个场面，越简陋越合实际情形）

....

蜡泪顺烛身下淌，一滴又一滴。（木油烛只会慢慢地坍融，不会滴。古人形容滴多指大红烛。九品黄蜡不会滴。必采用陆续坍融方式，光逐渐暗，才符合实际产生惨凄效果。丧堂歌似乎要。我在另外情形下听过，唱时只用小米升拍拍作节奏，唱得懒声懒气才符合环境应有的空气）

翠翠倚门而立。

（心声）"这是真事情吗？爷爷当真死了吗？"想到这里，于是又哑哑地嘶嘶哭起来。

圮坍的白塔处。

四个帮伙一齐动手，用两条粗麻绳把棺木带着噗噗嗦嗦的土块，徐徐放入临时挖成的阱内……

突然，那黄狗窜入阱中匍匐在匣子上不起身。

众人瞠然，不知所措。

翠翠走前几步，蹲在阱边悲悲大喊道："狗，狗，现在只剩下你和我两个了，你听得没有？难道你不管我了吗爷爷，爷爷……"（这里不宜用狗）

狗也悲悲地应着，而后慢慢地起来，纵身跳到翠翠怀里。翠翠搂住那狗失声痛哭起来。

河滩上有四五个纤夫，艰难地行走在岩石滩上……留下一行脚印。（上行船才用纤夫，有时如横渡，纤夫才上船拉帆就风）

碧溪岨渡口。

黛色无际的山峦。（过了渡，不到四五里即两省交界的棉花坡，虽长达二十里，要上半天才到顶，可见不出山峦岩岫奇险处。最好采用八面山的白岩壁，或天门山，或石门天凿的石门作衬也可。姑用张家界金鞭崖作背景，那里竹林也可利用，长得秀疏疏的，格局极好）

溪边，隔年以后，那个小白塔已建成恢复了原状，塔身虽只三丈来高，在万绿丛中挺起，仿佛特别显得玉骨冰肌，风姿绰约，比沅水中流二三十丈高的著名大风水塔还端庄肃穆。（到这里不妨把沅陵下五里河中心那个万历古塔照一个镜头，且把在辰溪浦市间两岸三个大白塔凌空高举的形状及江面宽阔美观景色各照下远近不同情形。因为这些塔时代虽早到四百年前，似乎都重在点缀江景而存立。至于茶峒小白塔，却包含了浓厚的人情美和一点平常人的悲剧性而产生存在）

白塔下爷爷的坟头上芳草萋萋已长满了乱草。

大青石上。翠翠和黄狗正望着那汤汤的流水东去，东去……他们极目遥望，期待着……

二老的歌声好比流水汩汩地流呀，唱呀！（似乎可以不提二老歌声，只用白河或沅水船人下水的摇橹歌和上水船纤夫上滩的歌声继续交替。上水船特别动人，应当是白河上游一带至今还保存船上水手在船板上爬行，用短篙抵住肩部，由船头向中舱一步一步爬去，带着特别辛苦感情打"滴篙"的唉声，动人之至。这种"滴篙"声无腔无节，只是一种无可奈何的挣扎呼喊，和下水船催橹歌悠扬顿挫、有板有眼、充满快乐兴奋完全不同。使它交换并使之远近不同的变换所能产生的效果，六十年来还在我耳边保存得清清楚楚）

魂牵梦萦的人儿哪！也许永远回不来了！

也许明天就回来。

肆

巴金：怀念从文（摘录）

这部中篇经过几十年并未失去它的魅力，还鼓舞美国的学者长途跋涉，到美丽的湘西寻找作家当年的脚迹。

1989 年 4 月版湖南文艺出版社《长河不尽流》

施蛰存：滇云浦雨话从文（摘录）

他的文体，没有学院气，或书生气，不是语文修养的产物，而是他早年的生活经验的录音。我所钦仰的沈从文，是这样一些具有独特风格的作品的作者。

1989 年 4 月版湖南文艺出版社《长河不尽流》

刘西渭：《边城》与《八骏图》（摘录）

他不分析；他画画。这里是山水，是小县城，是商业，是种种人，是风格，是历史而又是背景。在这样真纯的地方，请问，能有一个坏人吗？在这样光明的性格，请问，能有一丝阴影吗？"由于边地的风俗淳朴，便是做妓女，也永远那么浑厚……"我必须邀请读者自己看下去，没有再比那样的生活和描写可爱了。

2006 年 6 月版天津人民出版社《沈从文研究资料》

王西彦：宽厚的人，并非孤寂的作家（摘录）

在和我经常相聚的一些青年朋友中间，对这部作品的反应却有分歧。不待说，这种不一致，很快就在评论界表现出来，主要是对作者所着力描绘的那个世外桃源式牧歌世界的现实性问题。

1989 年 4 月版湖南文艺出版社《长河不尽流》

汪曾祺：沈从文和他的《边城》（摘录）

《边城》是写爱情的，写中国农村的爱情，写一个刚刚进入青春期的农村女孩子的爱情。这种爱是那样的纯粹，那样不俗，那样像空气里小花、青草的香气，像风送来的小溪流水的声音，若有若无，不可捉摸，然而又是那样的实实在在，那样的真。这样的爱情叫人想起古人说得很好，但不大为人所理解的一句话：思无邪。

原载 1981 年第 2 期《芙蓉》

汪伟：读《边城》（摘录）

《边城》里最让人难忘的是老船夫，在他身上我们看到一种男性的伟大，凡百委屈莫不可以包含，凡百苦难莫不可以忍受，凡百罪恶莫不可以宽容。大老怪他，二老怪他，顺顺怪他，连翠翠也不很清楚他。他真是一肚皮的委屈，可是一句话也不说就躺下了，留下一大堆心事，大约是虽死不瞑目的。

原载 1934 年 6 月 7 日《北平晨报》

罗曼：读过了《边城》（摘录）

他不会用什么臭汗，铁，杀，反抗等刺眼的字眼；也不会用多少唇，肉，酥胸，爱的等肉麻的描述；他只是那么朴素的真情的，像小儿女在月夜窗下细语似的说出故事的本身来。

原载 1934 年 12 月 16 日《北辰报》

聂华苓：沈从文评传（虞建华　邵华强译）（摘录）

故事对惯于现代生活的人的各种病疾，是一剂解毒药，因此它显得轻快和谐。至于艺术，这篇不在沈从文的最佳作品之列。作者喜欢这个故事，也许是因为他对失去的土地的怀念。

2006 年 6 月版天津人民出版社《沈从文研究资料》

夏志清：中国现代小说史（摘录）

玲珑剔透牧歌式的文体，里面的山水人物，呼之欲出；这是沈从文最拿手的文体，而《边城》是最完善的代表作。

2006 年 6 月版天津人民出版社《沈从文研究资料》

金介甫：沈从文传（符家钦译）（摘录）

单是这篇经典性作品就够得上使沈从文成为伟大作家。

1991 年 7 月版时事出版社《沈从文传·引言》

（边城词话，根据本社老同事颜家文老师提供的资料编选）